L'AGE D'OR

DE L'ENFANCE

Châteauroux. — Imprimerie et Stéréotypie A. MAJESTÉ.

L'AGE D'OR

DE

L'ENFANCE

HISTOIRES MORALES ET AMUSANTES

PAR

ERNEST D'HERVILLY

PARIS

LOUIS WESTHAUSSER, ÉDITEUR

40, RUE DES SAINTS-PÈRES, 40

AVIS AUX LECTEURS

Mesdemoiselles les petites filles,

Messieurs les petits garçons,

L'*Age d'Or*, l'âge brillant et précieux par excellence, c'est la petite enfance.

C'est l'âge où vous êtes.

Les belles images qui ornent ce livre représentent les Jeux et les Plaisirs de l'âge d'or.

Vous les reconnaîtrez tous, et d'autant mieux que vous les savourez en ce moment.

Pour moi, je les regarde avec délices car ils me rappellent surtout les parfaits et indulgents parents qui, dans la mesure de leurs moyens, se chargeaient de lourdes besognes, en silence, sans jamais se plaindre, pour me les procurer et me les faire goûter lorsque j'étais petit.

Ce que je vous souhaite de meilleur et de plus doux, enfants, c'est de les contempler plus tard, quand vous serez grands, avec des yeux attendris et le cœur plein de reconnaissance, comme je le fais à cette heure.

Voyez-vous, mes bons petits amis, les parents, ce sont les doreurs exquis du premier âge.

Aussi, après avoir regardé ces gravures, images des Plaisirs et des Jeux de votre âge d'or personnel, allez doucement embrasser vos parents, vous qui avez encore le bonheur sans égal de les sentir à vos côtés.

Car c'est la plus grande joie des jours de l'âge d'or, que la joie d'embrasser tant qu'on peut son papa et sa maman!

Entre les joyeuses gravures qui ornent ce livre, il y a des histoires, qui ne sont pas du tout tristes non plus.

Ces histoires, elles sont contées pour vous, pour vous seuls.

Parce que nous sommes, vous et moi, des paires d'amis, et que je sais que vous ne serez pas très sévère pour moi.

Elles n'amuseraient pas du tout les personnes qui ne sont plus à l'âge d'or.

Mais elles ne vous ennuieront pas outre mesure, vous, mes enfants.

Du moins, je me flatte de ce gracieux espoir, et je l'émets modestement.

Ce que je demande à vos parents, en les priant d'agréer mes respects, c'est de vouloir bien, à l'occasion, me venir en aide, en vous expliquant, en vous traduisant, en commentant, sur votre demande, les mots et les expressions qui pourraient paraître obcurs à votre entendement naissant.

Je me suis mis à votre portée — qui n'est pas bien longue — avec autant de puérilité et de docilité que cela m'a été possible. Mais, cependant, j'ai pu rester parfois en deçà du but.

Que vos parents me secondent donc pour l'atteindre tout à fait.

Cela dit,

Messieurs les petits garçons,

Mesdemoiselles les petites filles,

Je vous embrasse affectueusement, si vous le permettez, et je commence.

L'AGE D'OR DE L'ENFANCE

MONSIEUR FOX

Monsieur Fox était un fort honnête homme de chien, barbet de père en fils, qui faisait les délices d'une respectable bonne femme appelée la mère Beloiseau.

Par exemple, monsieur Fox n'était pas joli, joli.

Pour cela, non !

Mais il était bon.

Et, ma foi, qu'on soit ou qu'on ne soit pas toutou, la seule bonté est toujours préférable à la beauté seule.

Si monsieur Fox avait su parler, il vous l'aurait dit lui-même, tout comme moi, mais d'après des expériences personnelles d'un autre ordre.

Car c'était un chien observateur et il avait remarqué, en rongeant les os les plus laids, qu'ils contiennent souvent une moelle excellente, tandis que les plus charmantes poupées, dont il avait essayé de goûter un peu dans son jeune âge, ne renferment jamais que du son bien fade.

Monsieur Fox était donc un bon petit chien, assez vilain et toujours plus ou moins crotté, mais il était patient, doux, fidèle.

Il n'avait qu'un défaut.

Il était gourmand.

Il ne se serait pas fait pendre, comme on dit, pour un morceau de sucre ; car il réfléchissait avec beaucoup de sagesse qu'une fois pendu, avec le morceau de sucre croqué, il ne lui resterait certes aucune chance d'attraper d'autres morceaux.

Mais, avouons-le, il aurait fait bien des choses pour une friandise quelconque.

* * *

Qu'on ne se hâte pas de l'en blâmer bien fort, cependant.

Ce n'était qu'un chien ; et il est des milliers d'hommes, doués d'une raison supérieure, qui sont capables de tout pour atteindre des résultats frivoles, qui ne valent certainement pas ce que peut valoir, pour un chien, un morceau de gâteau.

En outre, M. Fox n'employait que des moyens honnêtes, à la vue ou au su de tout le monde, pour se faire décerner l'objet de ses désirs.

Il n'était nullement fripon.

Il demandait, tout bonnement, mais avec obstination, la patte en l'air, en vous regardant fixement de ses yeux fins qui brillaient comme deux gouttes de café noir à travers les longs poils dont était voilée sa figure.

Les enfants, à qui les parents pensent toujours et sans cesse, ne doivent pas et n'ont pas besoin de demander, surtout à table, puisqu'il est certain qu'on ne les oubliera pas; mais un pauvre petit chien, à qui on ne songe pas toujours, peut bien se permettre de temps à autre, ne pouvant parler, de gratter le genou de son maître, afin de se rappeler à son souvenir, n'est-ce pas?

Monsieur Fox grattait donc, — et plus souvent qu'il n'aurait fallu, peut-être, hélas! — le genou de la mère Beloiseau, quand il convoitait quelque petit os de poulet ou quelque bribe de *canard*.

Un canard qui ne va pas sur l'eau, comme vous le savez bien, mes amis, mais sur le café.

*
* *

Or un jour que monsieur Fox, assis à côté de la mère Beloiseau, laquelle raccommodait ses bas, regardait par la fenêtre ce qui se passait et surtout ceux qui passaient dans la rue, hommes ou chiens, il aperçut un spectacle qui frappa vivement ses fins yeux de toutou curieux.

Il aperçut, derrière les vitres d'une croisée, dans la maison qui faisait face à celle de la mère Beloiseau, quatre jolies têtes de petits enfants.

Ces petites têtes, blondes et brunes, étaient rondelettes et lui souriaient amicalement.

Monsieur Fox connaissait fort bien, je dois le dire, les enfants de la maison d'en face.

Très souvent il les avait rencontrés dans la rue, quand leur bonne les conduisait au Luxembourg ou les ramenait du Jardin des Tuileries.

Et toujours les enfants avaient caressé monsieur Fox, en lui offrant des miettes de gâteau.

De son côté, monsieur Fox les remerciait de leurs gâteaux et de leurs caresses, soit en *faisant* le beau devant eux, sur le trottoir même, soit en aboyant comme un fou et en sautant autour d'eux.

Il est de ces politesses et de ces bons procédés, entre chiens et enfants, qui laissent d'excellents souvenirs dans les esprits.

Monsieur Fox reconnut donc des amis, tout de suite, dans les quatre jolies têtes qui appuyaient, très fort, leurs quatre petits bouts de nez sur les vitres d'une croisée, dans la maison d'en face, et, de leur côté, les quatre enfants aux quatre petits bouts de nez tout blancs, reconnurent le chien pour leur ami à quatre pattes de la rue.

*
* *

Aussitôt, voilà les enfants qui se mirent à faire des signes très significatifs à leur voisin.

Ils faisaient, avec la main, des gestes télégraphiques.

On ne doit jamais faire de signes par les fenêtres aux gens

qui passent dans la rue, ou qui sont aux fenêtres dans la rue.

Les petits enfants le savaient bien. On le leur avait bien souvent répété; mais en reconnaissant monsieur Fox, leur joie fut si vive qu'ils oublièrent les recommandations de leurs parents, et, d'ailleurs, se dirent les plus grands, un chien, ce n'est pas *des gens*, et ce n'est peut-être pas défendu de lui dire bonjour.

Monsieur Fox comprenait très bien les gestes télégraphiques. Il agita sa queue en panache sur la chaise où il se tenait, près de la mère Beloiseau, et il se mit à *faire le beau.*

Madame Beloiseau, étonnée, s'arrêta dans son travail, et murmura :

— Eh bien ? Qu'est-ce que tu as-donc, toi, monsieur Fox ?

Naturellement, le chien ne répondit rien à sa maîtresse, mais il continua à agiter sa queue en panache et à faire le beau.

— Voyons, voyons, voyons ! s'écria la maman Beloiseau, voyons, voyons, voyons ! est-ce que nous avons une petite *pupuce*.

Il paraît que monsieur Fox avait, parfois, des petites *pupuces* dans ses longs poils.

— Maman Beloiseau le peignait pourtant, tous les matins, avec grand soin.

Et entre parenthèses, mes amis, vous saurez que monsieur Fox, bien qu'on le peignât longuement, en lui tirant parfois un peu fort les... cheveux... ne se plaignait jamais, et ne murmurait pas, comme font souvent beaucoup de petits enfants de ma connaissance.

*
* *

Mais revenons à monsieur Fox, qui agitait de plus en plus follement sa queue en panache.

Ce n'était pas du tout une *pupuce* qui tourmentait si extraordinairement le bon chien, c'était ?...

Je vous le donne en dix à deviner.

C'était la vue d'un appétissant biscuit, un biscuit tout entier, que l'un des enfants, le plus grand, l'aîné, un gaillard tout de rouge vêtu, lui tendait, de loin, hélas ! derrière les vitres.

Oh ! que monsieur Fox aurait voulu croquer et savourer ce biscuit.

Car il était gourmand, vous savez, monsieur Fox.

Il regardait donc, de tous ses yeux, en tirant une grande langue, le biscuit tentateur qu'on lui montrait de la maison d'en face.

Et, tout en le regardant, il se remuait si imprudemment sur sa chaise, qu'il perdit l'équilibre, et tomba par terre, mais sans se faire de mal, fort heureusement.

Cette fois, la mère Beloiseau fut plus étonnée que jamais, et croyant que monsieur Fox avait besoin de faire un petit tour dehors, elle se leva et alla lui ouvrir la porte.

C'était tout ce que désirait le chien gourmand.

Il se précipita comme un trait hors de la chambre, descendit l'escalier au galop, traversa la rue, enfila la porte cochère de la maison d'en face, et trois minutes après avoir quitté la mère Beloiseau, il grattait à la porte des quatre enfants.

Ceux-ci lui ouvrirent bien vite, en riant de toute leur force, car ils avaient réussi dans leur dessein, qui était de tenter le chien avec un biscuit pour l'emmener chez eux, afin de s'amuser et de faire une bonne partie avec lui.

*
* *

En effet, comme on était au mois de mars, époque où les enfants attrapent souvent des rhumes de cerveau en courant au soleil nouveau, leurs parents les avaient consignés dans leur chambre.

De plus, il tombait de froides giboulées à chaque instant, et, par prudence, comme je viens de le dire, on leur avait fait comprendre qu'ils s'amuseraient tout aussi bien, pour une fois, à la maison que dans les jardins publics mouillés et glacés.

Ils avaient très bien pris la chose.

Ils avaient d'abord joué à tous les jeux possibles ou impossibles.

Mademoiselle Nini avait débarbouillé et habillé sa poupée, puis lui avait fait prendre un peu de chocolat pour la récompenser d'avoir été bien sage.

Charlot, qui était savant, s'était mis à regarder des images, après avoir joué au ballon et au volant, malgré la défense.

Ces jeux-là sont bien dangereux, ma foi, dans une chambre, et on les leur avait bien défendus, car ils mettent en grand péril les potiches du Japon et les jolis objets placés sur la cheminée et sur les meubles.

Mais, par bonheur, on n'avait eu aucun accident à déplorer.

Pour Bébé, le plus petit, il s'était roulé sur les tapis, et avec tant de bruit que le perroquet de la maison en avait été tout troublé.

Il avait été même obligé, le pauvre perroquet, de croquer trois morceaux de sucre pour se remettre de son émotion.

A la fin, les enfants s'étaient lassés de ces jeux-là et on avait regardé dans la rue, pour se distraire.

C'est alors qu'on avait aperçu monsieur Fox et qu'on l'avait habilement tenté de loin avec un biscuit.

Et monsieur Fox, le gourmand, n'avait pu résister à la tentation, comme on sait, et avait réussi à venir retrouver les enfants.

*
* *

Oui, mais voilà le revers de la médaille.

Monsieur Fox croqua en effet le biscuit, mais on le lui fit bien payer !

Les enfants, sous la direction de leur aîné, le gaillard vêtu de rouge, se mirent en devoir de faire la toilette de monsieur Fox.

Et cela, hélas ! sans les précautions que prenait la respectable maman Beloiseau.

On le lava, on le frotta, on l'épongea, on le savonna, on le nettoya tout le temps. On le graissa de pommade. On lui versa de l'odeur sur la tête. On voulut même lui mettre des papillottes, mais elles ne tinrent pas. Enfin, on le passa au peigne, puis à la brosse.

Le chien se laissa faire d'abord, pendant longtemps, avec beaucoup de patience, car il espérait avoir un autre biscuit.

Mais on le peignait et on le frottait sans cesse et le biscuit ne venait pas.

On lui attacha un tapis de table au cou pour lui faire un manteau de roi.

Il ne dit rien encore, bien que le manteau l'étranglât un peu.

Il était patient et bon ; il aimait tant les biscuits !

Mais à la fin, à la fin, oh ! dame, il en eut assez. Il en eut trop, et il se mit à se plaindre et à gronder aussi d'une façon si vive, que le perroquet eut très peur, et mangea encore un morceau de sucre pour se donner du courage.

A leur tour, les enfants ne se sentirent pas très rassurés, car monsieur Fox s'était mis tout à fait en colère et après avoir tiré la langue, il montrait les dents.

Je crois même qu'il repoussa avec tant de fureur Bébé, quand celui-ci voulut lui montrer dans un miroir combien il était joli, que Bébé tomba sur le derrière, très rudement. V'lan !

Tout à coup, la porte de la chambre des enfants s'ouvrit et monsieur Fox s'échappa en jurant qu'on ne l'y prendrait plus.

Il revint chez lui, tout d'un trait, très mécontent et encore plus honteux.

Maman Beloiseau le voyant si pommadé et sentant si bon pensa qu'il avait été se faufiler chez un coiffeur quelconque et commettre sans doute quelque méfait, ou quelque larcin :

Comme elle détestait les parfums, et aussi pour le punir de son escapade, elle ne voulut pas le garder à côté d'elle, et l'enferma dans un cabinet noir, au pain et à l'eau.

Et monsieur Fox, pendant toute la nuit, eut le loisir de déplorer sa curiosité et de maudire sa gourmandise.

Par exemple, je ne sais pas s'il s'en est bien sincèrement repenti, et s'il s'est bien promis de ne plus recommencer.

HERBARD ET FEUILLARD

On avait joué aux soldats.

Tout le monde avait pris les armes.

Mademoiselle Georgette aussi.

Mademoiselle Georgette, c'est l'aînée de tous les bambins.

Tandis qu'Auguste, qui monte à cheval comme vous et moi, faisait galoper son grand coursier à bascule et sabrait les fauteuils, les portes, les coussins, enfin tout ce qu'on peut sabrer dans une chambre, mademoiselle Georgette avait fait la cantinière.

Elle avait fait semblant de verser à boire aux combattants, et elle soignait les blessés, c'est-à-dire, qu'elle ramassait les petits bancs et remettait en place les meubles pris d'assaut.

Oh! c'est que la bataille avait été acharnée.

On avait tiré le canon sans relâche.

C'était Léon qui tirait le canon.

Il pointait un canon de bois sur Auguste, le brave hussard, et chaque fois que le hussard passait devant le canonnier, le canonnier faisait : — Boum ! boum!

Alors, le brave hussard, brandissant son sabre, criait : — Vive la France !

Mais alors aussi, la petite Clémentine s'élançait sur le brave hussard, armée d'un plumeau, et elle criait :

— Je suis l'ennemi! Prenez garde!

Et il ne fallait pas plaisanter avec Clémentine.

C'était un ennemi sans pitié.

Et son plumeau sans peur se croisait très bien avec le sabre du hussard sans reproche.

*
* *

Le petit dernier de la maison, monsieur Chouchou, n'était pas non plus resté en arrière au moment du combat.

Il avait demandé à monter à cheval.

Il avait demandé à défendre aussi, à défendre la patrie en danger.

D'abord, il avait eu un peu peur du sabre du hussard et des boum ! boum ! du canonnier.

C'est l'histoire de tous les conscrits, d'ailleurs. Des agneaux au début. Des lions au dénouement.

Puis, en outre, comme il s'était bien convaincu, dans sa petite tête, que tout cela n'était pas « pour de vrai » il avait demandé à entrer dans les rangs, mais à cheval.

Le brave hussard ayant refusé de se séparer de son fidèle coursier, monsieur Chouchou avait supplié Léon le canonnier de lui servir de monture.

Celui-ci avait consenti à porter sur son dos le nouveau volontaire, tandis que la cantinière Georgette le maintenait en selle.

De sorte que devenu à la fois canonnier et cheval, il était obligé de hennir et de caracoler, tout en continuant à pousser des boum ! boum !

Le métier des armes a de ces exigences.

Et un vrai militaire doit accepter sans murmurer toutes les besognes du service.

De plus, il ne doit pas raisonner quand la trompette sonne.

Or Clémentine, l'amazone au plumeau courageux, sonnait de la trompette à rendre tout le monde sourd.

*
* *

Mais tout a une fin, ici-bas, la guerre, heureusement, comme la paix, hélas!

Et puis, il n'y a rien qui fatigue une armée comme de tirer le canon avec sa bouche, de porter des guerriers sur son dos, ou de pourfendre des fauteuils à coups de plumeau.

La bataille cessa donc, non faute de combattants, mais parce que les militaires avaient mal au bras ou mal au dos.

Il s'étaient couverts de gloire, — et de poussière, et ils en avaient assez.

Monsieur Chouchou, seul, aurait bien voulu continuer le jeu.

Il n'était pas mal sur son cheval à boum-boum.

Ce cavalier héroïque trouvait humiliant d'être mis à pied.

Il y consentit cependant, sans trop de peine, lorsque Georgette annonça que, la paix étant signée, on allait se reposer un peu en écoutant une histoire.

— Une histoire ? — Et qui la contera ?

— Moi, dit Georgette.

— Une belle histoire ?

— Dame, une histoire qui sera comme toutes les histoires. D'abord, c'est une histoire arrivée à deux petits lapins, que je vais vous dire. Pendant la paix, on n'a le droit de conter que des histoires comme ça.

— Alors, fit monsieur Chouchou, moi, je veux bien, j'aime bien les petits lapins.

*
* *

Tout le monde ayant été de l'avis de monsieur Chouchou, mademoiselle Georgette pria ses frères et ses sœurs de s'asseoir en rond près d'elle.

Ils obéirent, et tandis que le canon, la trompette, le plumeau et le superbe cheval à bascule goûtaient, autour d'eux, les douceurs d'un repos bien gagné, mademoiselle Georgette commença ainsi son récit.

— Mon histoire s'appelle : *Herbard et Feuillard, ou les petits lapins qui veulent faire les messieurs.*

— Oh ! ça commence bien. Oh ! des lapins qui veulent faire les messieurs !

— Silence ! Écoutez.

— Nous sommes tout oreilles.

— Eh bien, il était une fois deux petits lapins blancs, avec le nez rose, qui vivaient bien tranquilles chez leurs parents. Leurs parents étaient bien bons, bien bons. Comme ils étaient obligés de sortir tous les jours, les parents, vous m'entendez bien, ils recommandaient toujours à leurs petits lapins de rester chez eux et de ne pas mettre le nez dehors, à cause des belettes et des renards...

— Ah ! oui, interrompit Léon, quand les renards ne peuvent pas manger les raisins, parce qu'ils les trouvent trop verts, ils sont bien obligés de manger des lapins, dame !

— Ah ! si vous me coupez la parole, dit Georgette, je ne pourrai jamais finir mon conte !

— Continue ! Continue ! s'écrièrent les autres enfants !

*
* *

— Donc, poursuivit Georgette, on recommandait toujours aux

petits lapins de ne jamais sortir seuls. Oui, mais les petits lapins n'étaient pas très obéissants, et un jour, un jour, voilà qu'ils sortent du terrier paternel et qu'ils se disent : « Allons nous promener et faisons les messieurs ! »....

— Est-ce que le renard est venu ? demanda anxieusement monsieur Chouchou.

— Attendez donc !

— Alors, dis vite !

— Ils sortirent donc, et, comme ils étaient dans les champs, ils se mirent d'abord à manger des carottes, car ils aimaient beaucoup les carottes. Puis, un des lapins dit à l'autre : — « Il faut faire les messieurs ! » Ils arrachèrent des herbes et les tressèrent, et s'en firent des chapeaux, comme les messieurs. Puis ils se cueillirent chacun une feuille de choux. Avec leurs petites dents, ils firent deux trous dans chacune des feuilles et y passèrent leurs bras. Et cela leur fit deux paletots verts, comme en ont les messieurs. Puis ils se coupèrent chacun une tige d'oignon, et ils s'en firent une canne, comme les messieurs.

— Eh bien, ils étaient joliment bien habillés !

— Silence, Auguste ! Quand ils furent déguisés de la sorte,

ils se dressèrent tout debout et se mirent à marcher gravement, le chapeau sur l'oreille, la canne à la main, comme les messieurs. Seulement, ils ne fumaient pas et ils avaient bien raison.

— Et après ?

— Après ? un des lapins dit à l'autre : « Moi, je m'appellerai Herbard, et toi tu t'appelleras Feuillard, et nous allons aller faire des visites ». — « Moi, je veux bien, dit Feuillard, et justement, je vois là bas un château. Allons à ce château. On doit y recevoir très bien des messieurs comme nous, et nous y ferons peut-être un bon déjeuner ». — « C'est cela, dit Herbard. En avant, marche ! ».

— Et les renards ?

— Écoute donc l'histoire, Chouchou !

— Laisse-les donc arriver au château !

— Ils arrivèrent au château, reprit Georgette, et le concierge leur demanda ce qu'ils voulaient. — « Nous sommes des messieurs, dit Herbard, et nous désirons présenter nos respects à la dame de la maison ». — « Vous êtes bien aimables, dit le concierge, et Madame sera enchantée de vous voir ; mais, qui êtes-vous ? » — « Nous sommes monsieur Feuillard et monsieur

Herbard, » répondirent-ils. — « C'est très bien, dit le concierge, je vais prévenir la dame du château. Suivez-moi. » Ils suivirent le concierge, qui les fit entrer dans un riche salon, plus riche que chez nous, et leur dit d'attendre l'arrivée de la dame. Celle-ci vint, avec sa plus belle robe, une robe de moire ornée de plumes et de chaînes d'or. Elle demanda tout de suite aux lapins ce qu'il y avait pour leur service. — « Mon Dieu, madame, répondit Feuillard, nous sommes des messieurs, oui des messieurs; vous voyez, nous avons des cannes, des paletots, des chapeaux, et nous venons vous demander à déjeuner !... » — « Ah ! très bien, dit la dame, vous me faites bien plaisir, et je vais vous commander à déjeuner à mon cuisinier. Qu'est-ce que vous aimez ? Voulez-vous un baba, des tartines ou du chocolat ? » — « Oui, oui, s'écria Herbard, oui, du chocolat, je ne sais pas ce que c'est, mais ça doit être très bon ! » — « Oui, du chocolat, ajouta Feuillard, du chocolat avec beaucoup de carottes dedans !...

— Oh ! des carottes dans du chocolat ! Pouah !

— Laissez-moi donc finir, dit Georgette à ses frères. C'est les lapins qui font les messieurs qui parlent, ce n'est pas moi. Laissez-moi finir mon histoire.

*
* *

Mademoiselle Georgette poursuivit ainsi son intéressant récit :

— La dame du château promit aux lapins de leur faire servir tout ce qu'ils demanderaient et elle alla trouver son cuisinier, en lui ordonnant d'exécuter un ragoût de chocolat aux carottes. — « Ce sont des messieurs très bien, dit la dame ; il faut les contenter. » — « Ouais, dit le cuisinier, des Messieurs qui demandent tant que ça de carottes, c'est bien étrange ! Je vais aller les voir, vos messieurs ! ».

— Oh ! Oh !

— Pendant que le cuisinier causait avec la dame, les lapins restés tout seuls dans le salon ne s'y étaient pas bien conduits. Habitués à vivre dans un terrier, ils avaient... enfin ; ils s'étaient oubliés sur les tapis et sur les fauteuils, car ils avaient grimpé sur les fauteuils de soie pour se voir dans les glaces, et ils s'étaient trouvés si jolis dans les glaces que ça leur avait donné une grande émotion, vous comprenez ?

— Oh ! les vilains ! sur les fauteuils de soie, encore !

— Voilà le cuisinier qui entre dans le salon avec la dame. Et voilà que monsieur Herbard et monsieur Feuillard, qui ne s'y attendaient pas, en voyant tout à coup un gros homme vêtu tout de blanc, avec un grand couteau à la ceinture, se mettent à trembler de peur et leur émotion redouble... — « Ah ! Ah ! fait le cuisinier, les voilà ces messieurs. C'est vrai, ils ont bien des cannes, des paletots et des chapeaux, mais.... Ah ! qu'est-ce que j'aperçois là, sur le fauteuil ! » — « Quoi donc ? » demanda la dame. — « Mais, pardieu, ces petites olives noires ! » s'écrie le cuisinier. — « Mais ce sont des crottes de lapin ! crie la dame à son tour.

— Oh ! les vilains ! voilà ce que c'est que de ne pas être bien élevé !

— Tout à coup, le cuisinier se frappe le front, et crie d'une voix de tonnerre : — Tournez-vous donc, messieurs ! Tournez-vous ! » — Les petits lapins, pleins de terreur, obéissent, et le cuisinier dit alors à la dame : — « Voyez-vous, voyez-vous, madame, au bas de leur paletot vert, par derrière, ce petit toupet blanc et gris. C'est une queue de lapin, ou je veux être pendu ! Je m'y connais. — Attendez ! Attendez ! vous êtes des menteurs, messieurs ! Je vais vous envoyer faire les messieurs dans la casserole, moi !

— Ils étaient reconnus ?

— Oui. Lestement, ils eurent le temps de se sauver par une porte.

*
* *

— Ils ne demandèrent pas leur reste. Ils se mirent à courir tant que leurs jambes purent courir. Tout en courant, ils jetaient au diable leurs cannes, leurs chapeaux, leurs paletots et ils se promettaient bien, si jamais ils rentraient sains et saufs chez leurs parents, de ne plus sortir tout seuls, de ne plus mentir, d'être obéissants, et de ne plus avoir la vanité de se faire passer pour des messieurs.

— Et les renards ? fit Chouchou.

— Comme ils furent très sages par la suite et comme ils restèrent chez eux à écouter bien docilement les conseils de leurs parents, ils ne virent jamais les terribles renards, et vécurent longtemps heureux et estimés de leurs concitoyens. — Voilà mon histoire, dit Georgette. C'est fini.

PÊCHE ET CANOTAGE

Un vieux monsieur très grave, nommé Je ne sais qui, qui vivait sous le roi Louis Quatorze, fut un jour prié par ses amis de faire des vers.

Ce Je ne sais qui était un homme qui savait infiniment de choses, mais il n'était pas poète pour deux sous.

Néanmoins il se mit au travail.

Après avoir beaucoup réfléchi, après avoir beaucoup usé de papier, de plumes et d'encre, il arriva à confectionner les deux vers suivants :

Il fait en ce beau jour le plus beau temps du monde,
Pour aller à cheval sur la terre et sur l'onde.

Je n'ai pas besoin de vous faire remarquer que ces deux vers sont parfaitement ridicules.

Aller à cheval sur la terre est très faisable, mais aller à cheval sur l'onde, c'est-à-dire sur l'eau, à moins que le froid ne l'ait transformée en glace solide, c'est absolument impossible.

Or par le plus beau temps du monde, ce qui signifie évidemment par une belle journée d'été, l'eau n'est pas gelée.

Donc, le vieux monsieur nommé Je ne sais qui, qui était fort savant, d'ailleurs, eut tort d'essayer de faire des vers, puisqu'il n'était pas poète.

Il existe un proverbe qui dit : à chacun son métier, et les vaches seront mieux gardées.

Si Je ne sais qui s'était rappelé ce proverbe, il n'aurait pas écrit gravement une grosse bêtise.

Mais qui est-ce qui peut être assuré de n'en jamais écrire ou de n'en jamais commettre, des bêtises !

Par conséquent, ne rions pas trop fort de ceux à qui il en échappe.

Car cela peut très bien nous arriver à notre tour un jour ou l'autre.

Si je vous ai cité les deux vers grotesques de Je ne sais qui, c'est que ce qu'ils disent si mal n'est nullement dépourvu de raison et de vérité.

*
* *

En effet, par le plus beau temps du monde, il est fort agréable d'aller se promener, soit sur la terre, soit sur l'onde ; disons l'eau tout simplement.

Seulement, quand on s'est bien promené sur la terre, à pied ou même à cheval, si l'on veut se promener sur l'eau, il faut avoir un bateau.

Et c'est ce que les enfants représentés dans la gravure ont admirablement bien compris

Ils ont trouvé sur les bords de la petite rivière, un bateau attaché aux saules du rivage. Ils ont dénoué la chaîne par laquelle il était retenu.

Puis ils se sont embarqués, les grands comme les petits, avec le chien et la poupée, et l'aîné de la bande joyeuse s'aidant d'un croc ou d'une gaffe s'est mis en devoir de faire glisser doucement le bateau à travers les roseaux.

Tous n'ont qu'un désir c'est de pêcher à leur tour des écrevisses en retournant les grosses pierres, comme a fait le petit paysan qui leur en montre une accrochée à son doigt.

D'abord, en apercevant l'écrevisse verdâtre et ses pattes toujours en mouvement, ils ont tous éprouvé une belle peur.

Dame, ils n'avaient vu jusqu'alors les écrevisses que rouges, immobiles, et couchées sur la sauce blanche des tourtes et des vol-au-vent.

Mais le petit paysan leur ayant assuré que les pinces des écrevisses ne pinçaient pas bien fort, ils se sont rassurés.

*
* *

Et l'envie de prendre aussi de ces curieuses bêtes les a amenés à détacher le bateau et à le mettre en marche.

C'est ici que je deviens très sérieux, au risque de passer, aux yeux des enfants, pour un vieux grondeur.

Et c'est ici que je déclare aux enfants qui me font le plaisir de m'écouter, que je ne peux pas admettre, non pas même un seul instant, que des enfants commettent l'imprudence extrême de s'en aller sur l'onde, tous seuls, sans leurs parents.

Il est bien évident que les enfants que représente la gravure, viennent de se mettre en faute et désobéissent aux ordres formels de leurs parents.

Car, il est certain qu'il n'y a pas, sur la terre, de parents assez indifférents, assez légers, assez fous pour autoriser des garçonnets et des fillettes à faire, tous seuls, sans guide et sans protecteur, une partie de pêche ou de canotage.

Non, je le répète, il ne peut y avoir sur la terre de parents aussi insensés.

Donc, de deux choses l'une, ou bien les enfants ont méprisé les avis et les recommandations de leurs parents, qui leur ont dit assurément de bien se garder d'aller sur l'eau, ou bien les enfants ont profité de l'absence momentanée de la personne, bonne ou gouverneur, que sais-je? chargée de les surveiller, pour prendre le plaisir défendu.

Mais alors la personne chargée de surveiller les enfants est encore plus coupable qu'eux.

Elle manque au premier et au plus grand de ses devoirs.

Espérons qu'elle ne va pas tarder à reconnaître combien est dangereuse sa conduite.

Espérons qu'elle va revenir bientôt pour garantir, pour sauver les enfants des périls trop certains auxquels ils se sont volontairement exposés.

Voilà déjà la poupée sur le point d'être noyée.

* *
*

La poupée est tombée à l'eau, et Bébé, le cœur palpitant d'angoisse, va sans doute se lever, et se pencher sur le bord du bateau pour essayer de la rattraper par sa robe, ou par les cheveux.

Qui sait si Bébé ne suivra pas la poupée dans l'eau.

Le ruisseau n'est pas profond, je le veux bien, mais les roseaux sont touffus, le fond de l'eau est plein d'une vase épaisse.

Un bébé peut, hélas ! si tout à coup il tombe dans l'eau, en boire tant qu'il suffoque et perde connaissance, ses jambes s'enfonçent et se prennent dans la bourbe. Ses bras sont paralysés par les plantes et les herbes.

Qui le sauvera ? Le petit chien ? Il n'est pas assez fort. Ses frères et sœurs ? mais, terrifiés, ils perdront la tête, et s'ils ne se noient pas eux-mêmes, se mettront-ils à l'eau assez vite pour repêcher Bébé avant qu'il ne soit asphyxié ?

Pour nous, qui ne sommes témoins du fait qu'en imagination, nous trouvons amusant et risible le spectacle de la déception de Bébé regardant sa poupée dans l'eau, où elle va perdre ses brillantes couleurs, et se salir à tout jamais.

Oui, mais, mes enfants, songez-y un seul instant, tout ceci, qui n'est qu'une plaisanterie du dessinateur de cette image, peut malheureusement arriver dans la vie réélle.

Réfléchissez-y bien et vous trouverez, vous-mêmes, que les parties de bateau, si elles sont un grand plaisir dans l'âge d'or, et même plus tard, ne doivent pas être faites sans y apporter la plus minutieuse prudence.

Vous tomberez d'accord avec moi, surtout, que les enfants ne doivent jamais aller canoter tous seuls.

Vous vous direz aussi que lorsque les parents permettent àleurs enfants d'aller se promener dans la campagne, à condition qu'ils ne s'approcheront pas du tout des bords de la rivière ou de l'étang, les enfants doivent respecter aveuglément la défense qui leur est faite.

Car cette défense, ce n'est pas pour les chagriner qu'on la leur fait, ce n'est pas pour les priver d'un plaisir, c'est pour les mettre en garde contre leur inexpérience et pour prévenir les plus affreux malheurs.

* *
*

Du reste, mes petits lecteurs, laissez-moi vous dire encore, et ce sera mon dernier mot, que je suis persuadé que les enfants représentés dans cette image ne sont ni désobéïssants ni abandonnés par leur gardien.

Rassurez-vous. Rassurons-nous !

Le dessinateur a oublié de nous montrer la bonne ou la gouvernante, assise dans un coin, à l'ombre, et prête à voler au secours des enfants, à la moindre alerte.

Mais, pour moi, je crois fermement que cette gouvernante, ou cette bonne, est là, derrière les saules, bien que nos yeux ne la voient pas, et que, tout en tricotant ou en faisant du crochet, elle surveille les petits imprudents du coin de l'œil.

Je dis imprudents, avec intention.

Car, eût-on la permission d'aller en bateau, et fût-on surveillé, il est toujours imprudent de s'y tenir debout, d'y marcher, de s'y asseoir sur les plats-bords, et de le faire balancer.

Retenez bien cela, c'est très important.

Il faut marcher avec précaution, au milieu d'une barque, s'asseoir tranquille mieux sur les bancs, ne pas s'y grouper d'un seul côté, et ne pas se pencher sur les plats-bords.

Et surtout, surtout! ne jamais se lever, les jambes écartées, pour donner un amusant mouvement de roulis, de gauche à droite et de droite à gauche, au bateau où l'on se promène avec ses amis.

Car on arriverait infailliblement, après quelques minutes de ce joli roulis, à faire chavirer la barque et à précipiter ceux qu'elle porte, vous le premier, au fond de l'eau, la tête la première.

Maintenant, mes petits amis, excusez-moi.

J'ai grondé un peu fort, peut-être, mais j'aime tant les enfants que je n'ai pas peur de leur donner des conseils, même quand cela devrait me faire perdre un peu de leur amitié souriante.

Un point, c'est tout.

CE FARCEUR DE DOG

Moi qui me permets de vous donner des conseils, mes chers enfants, vous pensez bien que j'ai été enfant comme vous, et que j'avais aussi bien des petits défauts.

J'en ai même encore pas mal, et d'assez grands ; cependant j'ai fait et je fais, tous les jours, je vous l'assure, bien des efforts pour devenir sage — comme une image.

Mais on peut très bien n'être pas parfait et donner toutefois de bons avis.

Tel est mon cas.

Or, si vous le voulez bien, après avoir regardé ensemble la

gravure ci-contre, je vous dirai l'histoire de ce farceur de Dog, un chien de mes amis.

Cette histoire vous apprendra, hélas! et j'en rougis d'avance, que j'ai été désobéissant, un jour, comme vous l'êtes quelquefois, et comment j'en ai été puni, comme vous l'ètes aussi quelquefois.

Et qui est-ce qui m'a fait punir? C'est ce farceur de Dog. Oui, un chien.

Je vais vous dire cela tout à l'heure.

Pour le moment, regardons notre gravure.

Elle nous fait voir d'aimables enfants, qui aiment les bêtes, en train de donner à manger à des oiseaux.

Elle nous montre aussi la confiance et l'amitié que les bêtes témoignent aux enfants qui les aiment et qui ne s'amusent pas à les taquiner.

Car si monsieur Toto, qui pèche plutôt par ignorance du danger que par malice, ne s'avisait pas d'agacer le cygne du bassin avec une branche de vigne vierge, il est bien certain que le cygne ne ferait pas à monsieur Toto la belle peur qu'il éprouve en ce moment, en voyant le bec noir du gros oiseau menacer ses petits mollets.

*
* *

Le cygne, disons-le du reste tout de suite, n'est pas un animal très sociable. Et il est toujours très dangereux de s'en laisser approcher. A plus forte raison, quand on le taquine, doit-on s'attendre à quelque preuve cruelle de la brutalité de son caractère.

C'est une bête très solide et on a vu, mes enfants, des cygnes casser la jambe d'un homme d'un coup de son aile puissante.

Ainsi, jetons du pain aux cygnes, de loin, mais ne cherchons pas à les attirer près de nous pour les caresser.

Et, tout d'abord, ne les agaçons pas, bien entendu.

Quant aux pigeons, aux poules, au superbe paon lui-même, on peut s'en faire assez vite des amis, et ils s'empressent autour de ceux qui leur font des cadeaux de miettes de pain ou de graines.

De plus, la poule avec ses poussins se charge de vous faire admirer les trésors de bonté qui sont contenus dans le cœur de toutes les mamans, même quand ce sont des mamans poules.

Voyez comme elle laisse ses enfants manger les grains qu'elle leur signale, et près desquels elle les mène, en poussant des petits cris doux.

Jamais elle ne mange elle-même que lorsque ses poussins sont rassasiés, et quand vous la voyez manger avant eux, c'est qu'elle le fait par prudence, et afin de s'assurer que les grains ne feront pas de mal à sa chère famille.

C'est un charmant tableau.

Et n'ayez pas peur pour Toto.

Il est en danger, c'est évident.

Mais la grande sœur va se retourner, quitter les pigeons, et éloigner adroitement le cygne en lui jetant au loin du pain.

Quelle se garde bien d'essayer de faire peur au cygne, en le menaçant.

Le cygne est brave et vindicatif.

Au lieu de se sauver, il s'élancerait hors de l'eau, et poursuivrait ses offenseurs sur terre.

Donc, grâce à la ruse adroite de la grande sœur, Toto n'aura ni son bel habit rouge déchiré, ni, ce qui serait infiniment plus grave, ses mollets mordus rudement par le cygne.

*
* *

Maintenant, laissons ces enfants s'amuser sans danger, et arrivons à l'histoire de ce farceur de **Dog**.

Un jour, — j'avais dix ans tout au plus, j'étais tout petit, pâlot, avec un nez retroussé, des cheveux couleur filasse, et un *épi* rebelle sur le sommet de la tête.

Un *épi*, c'est une sorte de petit balai de crin — naturel — qui s'obstine à rester droit comme un plumet sur la tête de pas mal de petits garçons.

Un jour, mon père nous mena, ma sœur et moi, chez un vieux monsieur, qui possédait un grand jardin tout rempli de belles fleurs et de rochers faits avec des pierres et des coquillages.

Oh! comme on jouait bien à *Robinson,* ou *aux Voleurs,* dans ce jardin-là!

Le vieux monsieur (je ne sais plus son nom) avait encore, outre son jardin, un gros chien qui faisait nos délices.

Il s'appelait **Dog**.

Dog jouait avec nous, comme un véritable camarade. Il jouait, quand il en avait envie, bien entendu, car il était entêté, oh ! mais entêté, comme... une mule.

Nous lui faisions des farces à n'en plus finir à ce bon Dog.

Il ne faut tromper personne, ni mentir, même pour s'amuser, c'est vrai, et pourtant, oubliant cette règle honnête, nous inventions pour Dog des histoires pour lui faire chercher, dans tous les coins, des chats ou des rats qui n'existaient pas.

Nous ne savions pas encore (entre parenthèse) qu'il est stupide d'exciter les chiens contre les chats.

Donc nous inventions des histoires de chats cachés partout, et Dog gobait tout cela.

*
* *

Bien qu'il fut très gros et très gras, l'idée seule de se précipiter sur des chats (il avait été très mal élevé, ce Dog) le faisait sauter en l'air et aboyer comme un fou. C'était très comique.

Pauvre Dog ! Nous nous amusions à le mettre en colère, c'était absurde.

Ce Dog était un très brave homme de chien. Mais, je l'ai dit, il était incroyablement entêté, quand il se mettait à l'être.

Or, le jour où on nous mena, ma sœur et moi, chez le vieux monsieur en question, ce farceur de Dog nous joua un de ces tours pendables qu'on n'oublie pas.

Mais c'était bien de notre faute.

C'est égal, c'était un bien mauvais tour.

On le raconta pendant longtemps, dans notre famille, à chacune de nos incartades. Et c'était notre châtiment perpétuel de voir que loin d'exciter la pitié, le récit qu'on faisait du tour que nous joua Dog amenait le rire sur les lèvres de tout le monde.

Voici l'histoire :

Au fond du jardin du vieux monsieur, il y avait un mur percé d'une petite porte. Cette petite porte donnait sur une petite rue déserte, non bâtie et qui était voisine des champs.

Je proposai à ma sœur d'ouvrir cette porte, laquelle était fort mal close, et d'aller, en attendant le dîner, nous promener dans la campagne.

Ma sœur refusa net, d'abord. Puis, vaincue par mes instances, elle accepta.

J'ouvris la porte.

On appela Dog.

Le bon animal vint à la porte, passa son museau dehors, cligna de l'œil, et finalement rentra dans le jardin.

Je le priai poliment de nous suivre, en l'assurant qu'il allait joliment courir avec nous et qu'il y avait des chats dans les environs.

Dog secoua la tête et ne bougea pas.

Il avait l'air de dire :

— C'est très amusant d'aller par là, peut-être, mais c'est défendu, vous savez. Si je vous suivais, je serais, moi, cinglé d'importance !

Il était obéïssant, ce farceur de Dog.

Enfin, à force de prières et d'invitations, sa résistance fut vaincue, et Dog consentit à nous accompagner.

Nous partîmes.

Une fois sur la pente mauvaise, et une fois fait le premier pas fâcheux, le farceur de Dog ne voulut plus s'arrêter.

C'était fatal !

Au lieu de nous suivre, il se mit à notre tête et il nous entraîna bien plus loin que nous n'aurions voulu aller.

*
* *

Il y avait environ une demi-heure que nous nous promenions, loin du jardin, quand nous prîmes enfin la résolution de retourner sur nos pas.

Mais nous avions compté sans ce farceur de **Dog**.

Dog ne voulait plus marcher, ou bien, il marchait à sa fantaisie, et se sauvait pour courir bien loin, avec tous ses confrères à quatre pattes qu'il rencontrait.

Nous n'osions le quitter, ayant peur de le perdre.

Oh ! le vilain Dog !

Dieu ! qu'il avait de nombreuses connaissances !

Il nous faisait sécher d'impatience. Il allait de-ci, de-là, de coin en coin, de mur en mur, sans se presser, fourrant son nez plat dans tous les trous, grattant la terre, happant les mouches.

Le temps se passait, nous nous regardions avec inquiétude, ma sœur et moi.

Et nous avions une faim !

Mais, comment rentrer sans Dog, et ce farceur de **Dog** ne voulait plus nous écouter.

Tout à coup, pour comble de malheur, voilà **Dog**, fatigué sans doute, qui s'assied tranquillement au pied d'un arbre comme pour profiter d'un rayon du soleil couchant et se réchauffer.

Terrible embarras nouveau.

Nous suppliions Dog de se relever et de nous suivre.

Supplications inutiles.

Nous nous mettons à genoux, ma sœur et moi, oui, à genoux, devant Dog et nous renouvelons nos prières.

— Tu vas nous faire gronder, Dog! — Oh! que tu es méchant, Dog! — Tu le sais bien, que nous serons grondés, et cela t'amuse. Viens donc, Dog! Viens donc!

Dog restait sourd à toutes nos paroles.

*
* *

Il se trouvait bien au pied de son arbre et il n'en voulait pas démarrer.

Je lui fis toutes les promesses du monde. Je devenais très lâche. Je lui promis, pour plus tard, des gâteaux, ou des os succulents, au choix, s'il daignait consentir à revenir à la maison.

Car, sans Dog, nous ne pouvions retrouver notre chemin. Lui seul savait la route!

Hélas, ce farceur de Dog, avec son triple menton, son nez écrasé, ses yeux humides, et son petit bout de langue passant sur le côté de sa large gueule noire, avait l'air de se moquer absolument de nous.

Il clignait de l'œil, regardait le soleil, ou les feuilles de l'arbre, et ne s'inquiétait nullement de nous qui, toujours à genoux, étendions vers lui des mains tremblantes.

— Vous avez voulu me faire faire une promenade, malgré la défense, semblait-il songer, eh bien, promenons-nous. Je vous ai obéi. Tant pis pour vous. Ce n'est pas ma faute. Je m'en lave les pattes.

Comme nous lui adressions une dernière prière, d'une voix très touchante, l'affirmant que nous allions l'abandonner tout seul dans les champs, pleins de loups, la nuit, nous reçûmes, ma sœur et moi, ma sœur sur la joue droite et moi sur la joue gauche, un fort joli soufflet détaché d'une main sûre.

En même temps, une voix terrible, — et bien douce à nos oreilles pourtant, — la voix de notre chère papa, se fit entendre:

— Petits misérables! oh! vous pouvez vous vanter de nous avoir fait une belle peur! Tout le monde vous cherche. On vous croyait à jamais perdus. Tout le monde pleure à la maison. Mais c'est égal, vous allez être punis.

*
* *

Et notre papa nous ramena tambour battant à la maison. Nous pleurions à chaudes larmes.

Ce farceur de Dog marchait derrière nous, très tranquillement.

Son calme nous exaspéra.

— C'est la faute de Dog, dis-je. — Il n'a jamais voulu revenir avec nous !

— Il a bien fait, je l'en félicite, dit notre papa.

Et notre papa ajouta :

— Si Dog avait consenti à vous ramener, peut-être n'aurais-je jamais su que vous étiez désobéissants et menteurs. Je remercie donc Dog, que vous aviez entraîné dans le mal, c'est évident, de ce qu'il a fait.

Nous arrivâmes tout penauds à la maison. On nous priva de dessert. On se moqua de nous.

Et nous eûmes le chagrin, mérité d'ailleurs, de voir les gâteaux qu'on nous supprimait dévorés par ce farceur de Dog !

LA MAMAN-CHAT

Ernest avait une excellente mémoire.

Il apprenait par cœur et répétait très facilement tout ce qu'il avait entendu dire, excepté, je dois l'avouer à sa grande honte, les leçons de son digne professeur.

En calcul, en géographie, il n'était pas très fort, mais il savait beaucoup de contes.

Ses amis ne s'en plaignaient pas.

Mais ses parents n'en éprouvaient pas le même contentement.

Loin de là !

Aussi, quelque attristés intérieurement qu'ils fussent d'avoir à le priver des plaisirs de son âge, ils étaient très souvent obligés de le tenir à la maison, les jours de congé, pour le forcer à faire ses devoirs et à étudier ses leçons, tandis que ses camarades, plus dociles et plus attentifs, ayant lestement achevé leur tâche, se livraient à tous les jeux imaginables dans le jardin ou dans la campagne.

Cela le chagrinait beaucoup.

En effet, il n'est pas très agréable, par un beau jour d'été, d'être assis devant une grande table, dans une chambre fermée à clef, et d'écouter les joyeuses exclamations que poussent, sous votre fenêtre, le jeudi et le dimanche, ceux qui sont libres de s'amuser à leur guise après avoir bien travaillé toute la semaine.

A la fin, notre ami Ernest fit, tout seul, une bien grande découverte.

Il fit cette découverte importante de s'apercevoir que pour arriver, comme les autres, à ne pas travailler le dimanche et le jeudi, il n'avait, comme les autres, qu'à ne pas jouer le lundi, le mardi, le mercredi, le vendredi et le samedi.

Il essaya. Ce fut rude d'abord, mais il ne se découragea pas, et il vit avec surprise que cela était assez commode, en somme.

Et puis, c'était un garçon d'honneur.

Or, du jour où il se fit le serment de travailler les jours de travail afin de s'amuser les jours de repos, il se tint parole, comme un homme.

*
* *

C'est même à l'occasion de son heureuse conversion, de son rapide changement d'écolier paresseux en studieux élève, que ses parents lui firent cadeau d'un beau jeu de grandes quilles.

Ernest, en recevant ce présent, eut l'émotion d'un soldat signalé pour quelque action d'éclat, et qu'on récompense en le décorant sur le champ de bataille.

Bien entendu, le jeu de quilles fut immédiatement inauguré.

Ses petits amis furent invités à cette cérémonie.

Le bruit en courut dans le monde des bambins du voisinage.

Et il vint même des environs des petits garçons et des petites filles que personne ne connaissait et qui, de loin, par-dessus les murs, contemplèrent avec envie les quilles bombardées par les boules.

C'était par un brûlant jour d'été.

Mais, pour les enfants, de même que pour certaines gens dont parle le poète satirique Boileau :

L'été n'a point de feux, l'hiver n'a point de glaces.

En dépit de l'extrême chaleur on se livra follement au violent exercice du jeu nouveau.

Ces demoiselles Marthe et Marie elles-mêmes daignèrent quitter, l'une sa balançoire et l'autre sa poupée, pour venir faire une partie.

Et Francis, malgré sa passion malheureuse pour la douce harmonie qu'on peut tirer d'un tambour, surtout quand on ne sait pas en tenir convenablement les baguettes, consentit à trouver que le jet de la boule et le fracas des quilles abattues avait quelque charme pour son oreille militaire.

*
* *

Il n'y eut pas jusqu'au chien, le nommé Bis, qui ne voulût s'en mêler comme tout le monde.

Tantôt il courait éperdument après la boule et grondait en constatant qu'il ne pouvait ni la mordre, ni l'emporter dans sa gueule, tantôt il ravissait une quille au moment de sa chute et, poursuivi par les enfants, il essayait de la transporter au loin.

Mais il fallait voir comme il était reçu!

Il était reçu comme on reçoit toujours un chien dans un jeu de quilles, parbleu!

A force de courir après le chien, à force de lancer la boule et de s'élancer pour la rattraper, à force d'abattre et de relever les quilles, par ce superbe jour d'été, nos petits joueurs, Ernest en tête, se trouvaient harassés de fatigue, tout en sueur, et très disposés à s'étendre un peu sur le gazon pour reprendre haleine.

Le nommé Bis, chien de son état et joueur de boule par occasion, fut de l'avis de tout le monde.

Et c'est en tirant une langue d'un pied (à peu près) qu'il se coucha par terre, à côté d'une poupée, en se donnant sans doute la tâche, bien inutile, de la surveiller étroitement du coin de l'œil.

Quand tous les joueurs, ceux à deux pieds et celui à quatre pattes, furent assis, on se demanda ce qu'on allait faire.

Ernest, depuis qu'il travaillait, — comme un nègre, et beaucoup plus qu'un nègre de son âge, bien entendu, — n'avait pas eu l'occasion de placer un seul de ses contes.

Le moment lui parut propice pour en écouler un, et il demanda à l'honorable société la permission de conter l'histoire de la *Maman-Chat*.

On accepta son offre avec empressement.

Le nommé Bis, chien, fut le seul qui ne prit pas la parole pour donner son avis.

Mais qui ne dit mot consent.

Ernest se recueillit donc un moment. Puis il commença son récit en ces termes.

*
* *

Mesdames et messieurs, c'est l'aventure arrivée à une maman-chat et à ses huit petits chatons, tous pareils, que je vais avoir l'honneur de vous apprendre.

Voici ce que c'est :

La maman-chat et ses huit petits chatons, tous pareils, étaient allés se promener dans la forêt qui entoure la maison de leur maître.

Je ne sais plus dans quel pays, par exemple.

Les petits chatons jouaient si fort et si longtemps sur la mousse, avec les glands tombés du chêne qu'il faisait nuit quand la bonne maman-chat se décida à interrompre leur jeu pour leur parler de la nécessité du retour à la maison.

Ce furent d'abord des cris et des protestations. Les petits chatons ne sont généralement pas très obéissants, et ils voulaient jouer encore.

En outre, comme la maman-chat leur faisait remarquer qu'il n'est ni très prudent ni très amusant de rester la nuit dans les forêts, les petits chats répondirent :

— Oh ! si, maman, oh si ! — c'est charmant, la nuit, dans les bois ; là haut, les étoiles brillantes ont l'air des yeux vifs des petits chats qui font rouler la lune.

La maman-chat trouva que la comparaison était drôle, mais elle insista pour qu'on reprît bien vite le chemin du logis et du souper.

Le mot de souper décida enfin les chatons à suivre leur maman.

Mais, je vous l'ai dit, la nuit était bien tombée, et les routes de la forêt étaient toutes noires.

Ce qui fit qu'au bout d'un quart d'heure de marche, la maman-chat se trompa de chemin, et déclara bientôt qu'elle se croyait perdue.

— Et c'est bien votre faute, mes enfants, ajouta-t-elle. Si vous m'aviez écoutée, nous serions partis de bonne heure, au crépuscule, et je ne serais pas dans l'embarras.

Les huit chatons, tous pareils, qui se tenaient à la queue leuleu, le premier cramponné à la queue de la maman-chat poussèrent des cris de terreur.

— C'est plus de ma faute encore que de la vôtre, hélas! poursuivit la bonne mère, car une mère doit être tendre, mais ferme, et ne pas se laisser détourner de ses sages desseins, fût-ce par les gentillesses d'enfants qui sont les plus jolis du monde, mais aussi les plus inexpérimentés.

*
* *

Cependant les chatons commençaient à avoir grand'peur.

Ils avaient grand'faim, en outre.

La maman-chat, après avoir un peu réfléchi, pria ses chatons de se tenir tranquilles et de l'attendre avec patience pendant qu'elle grimperait sur un arbre afin de voir de haut si elle ne découvrirait pas une petite lumière à l'horizon, au loin.

Elle eut le bonheur d'en apercevoir une ; elle en nota la direction dans sa tête, et redescendit annoncer cette bonne nouvelle à ses enfants.

Elle avait si bien noté la direction de l'endroit où brillait cette petite lumière qu'elle mena en ligne droite ses chatons, au bout d'une demi-heure, à la porte d'une maisonnette.

Par l'unique fenêtre de cette petite maisonnette qu'éclairait seul le feu d'une vaste cheminée, la maman-chat et ses chatons aperçurent une vieille bonne femme sur le point de manger sa soupe.

La soupe fumait dans un gros poêlon.

La maman-chat miaula et cogna de la tête à la petite maisonnette.

La bonne femme, surprise, vint leur ouvrir.

Mais en voyant la bande des chatons groupés derrière leur maman, elle s'écria :

— Trop ! trop ! trop ! Je n'ai pas de soupe pour tant de monde. Trop ! trop ! trop ! — Allez-vous-en, mendiants !

— Mais, madame, par pitié, dit la chatte, donnez-moi seulement de quoi nourrir un seul de mes chatons.

Et tout bas, elle ajouta :

— Je me charge du reste.

*
* *

— Que me donnerez-vous si je nourris un seul de vos chatons, dit la vieille.

— Je vous donnerai quelque chose qui vaudra de l'argent!

— En ce cas, faites entrer l'un de vos chatons, reprit la bonne femme. Un seul! entendez-vous, un seul! je ne veux en nourrir qu'un.

— Sans doute, poursuivit la maman-chat, un seul!

Mais avant de faire franchir le seuil de la maison, si peu hospitalière, au chaton qui se trouvait en tête de la bande, la maman-chat lui murmura quelques mots à l'oreille.

— Oui, dit le chaton, c'est entendu, j'obéirai.

Et il entra dans la maisonnette.

— Oh! te voilà, chaton mendiant? fit la vieille, eh bien, mange, chaton mendiant, voici une assiette pleine, je n'en donnerai qu'à toi seul, mais tu en auras beaucoup.

Le chaton avala une ou deux gorgées de soupe, puis, tout à coup, il s'écria:

— Madame, j'ai... je vous en demande pardon, j'ai... c'est l'émotion sans doute... j'ai... enfin, je voudrais sortir un instant.

— Sors, sors, chaton mendiant et ne reste pas longtemps dehors, sans cela ta soupe sera froide.

Le chaton sortit et, vite, il dit à l'un de ses frères, celui qui était le second de la bande des chatons tous pareils.

— Entre, mange, et fais comme moi.

Le second chaton entra et mangea.

— Mange, mange, chaton mendiant, dit la vieille. Mange. N'en laisse pas. Je ne veux nourrir de vous autres qu'un seul.

— Que vous êtes bonne, madame... bonne comme votre soupe !

Mais au bout de deux lampées de soupe, le chaton s'écria :

— Oh ! je ne me sens pas bien. C'est l'effroi, sans doute, c'est... je ne sais quoi... mais il faut que je sorte un moment. Excusez-moi, madame.

— Allons, bon ! voilà encore le chaton indisposé, s'écria la vieille.

— Puis elle ajouta ;

— Sors, sors, chaton mendiant, Sors et reviens promptement, sinon la soupe sera bien froide.

— Le second chaton sortit et fit entrer bien vite un troisième, qui fit semblant d'être malade à son tour, sortit, et fit entrer le quatrième, et ainsi de suite jusqu'au dernier des huit chatons tous pareils.

Ainsi ils mangèrent donc tous, chacun un peu, et l'avare bonne femme, très étonnée cependant de voir le chaton malade à chaque bouchée, ne se douta pas un seul instant qu'elle avait nourri huit chatons au lieu d'un.

Pendant ces allées et venues, et en écoutant la vieille avare parler aux huit chats, qu'elle croyait tous le même, la maman-chat se tordait de rire dans un coin.

*
* *

Quand l'assiette fut vide, la maman-chat passa son museau à la porte de la maisonnette et dit à la vieille :

— Je vous ai promis quelque chose qui vaut de l'argent ; ce quelque chose était un conseil ; le conseil, le voici :

« Il ne faut pas juger les gens sur l'enveloppe.

— Et pourquoi ? dit la bonne femme.

— Parce que l'habit ne fait pas toujours le moine...

— Vous dites ?

— Mais huit moines peuvent avoir le même habit.

— Je tâcherai de comprendre cela un autre jour, murmura la vieille. Bonsoir !

Et elle ferma sa porte au nez de la chatte.

Où allons-nous coucher, s'écrièrent alors les petits chats tous pareils.

— Dans un bon lit, répliqua la maman-chat. Je me souviens à présent — je n'y pensais pas tout à l'heure — d'un excellent parent que j'ai, à quelques pas d'ici, dans le creux d'un vieil arbre, c'est mon oncle le chat-huant. Il nous recevra très bien pour cette nuit, et, si vous êtes bien sages, il vous offrira des souris confites !

— Oh ! quel bonheur ! partons ! dirent tout d'une voix les huit petits chatons, tous pareils.

— Et ils suivirent docilement leur mère, à la queue leuleu.

— L'histoire est finie, s'écria Ernest. Retournons maintenant à nos quilles !

COLIN-MAILLARD

C'est la petite Nini qui l'est.

On lui a bandé les yeux avec un mouchoir. On lui a fait faire tours tours sur elle-même.

Puis la bande joyeuse de ses frères et de ses sœurs s'est envolée en lui criant : attrape !

Et voilà la petite Nini devenue, pour quelques instants, semblable à l'aveugle qui a perdu son bâton.

Elle étend les bras, va, vient, fait trois pas en avant, deux de côté, cinq en arrière, au hasard, en cherchant à mettre la main sur quelqu'un de ceux qui l'entourent, qui poussent des cris à ses oreilles, qui l'appellent, et qui, clairvoyants et agiles, se sauvent en riant à droite quand elle croit bien les entendre et les saisir à gauche.

Pauvre petite Nini !

D'abord, elle a ri et crié aussi gaîment que les autres, quoique trébuchant à chaque pas, chaque fois qu'elle a cru tenir par la robe ou par la veste l'un de ses compagnons de jeu.

Mais tous, plus prestes que des anguilles, ont glissé entre ses petits doigts sans force.

Et voilà déjà longtemps que ce jeu dure, sans que les autres qui sont les plus grands, et par suite les plus raisonnables, en apparence du moins, aient eu la charité de se laisser prendre.

*
* *

En vérité, ces enfants dépassent un peu la permission.

Voyons, Élisa, voyons, Germaine, voyons, Ludovic, et toi, petit Gaston, n'agacez pas plus longtemps la petite Nini.

Prenez garde ! Le dépit répété de ne pas réussir à faire à son tour quelqu'un de vous captif va se transformer bien vite en chagrin.

Sous le bandeau, trop bien noué, je devine déjà des larmes dans les yeux naïfs de la patiente.

Elle est si inexpérimentée, Nini !

Il ne faut pas abuser de sa patience et de sa faiblesse.

Ne soyez pas méchants comme des hommes.

Ne poussez pas à bout cette enfant.

C'est très joli, sans doute, Germaine, de tenter avec une fleur le nez de la pauvre petite aveugle temporaire, mais aie pitié de ses vains efforts, et laisse-lui saisir enfin la fleur — et la main.

C'est une rose ? raison de plus. Que Nini n'en ait que le parfum. Épargnez-lui les épines, c'est-à-dire l'insuccès après le travail et l'effort.

Mon bon Ludovic, mon grand garçon, je devine que c'est toi qui vas te dévouer.

Oui, je le devine. Tu vas te laisser pincer, n'est-ce pas ?

Tu t'arrêtes complaisamment devant la petite Nini et tu lui parles de façon à la guider, à l'amener vers toi, rien que par le son de ta voix.

Bravo Ludovic !

*
* *

Tu fais là un acte de bon frère et de cœur pitoyable aux soucis des autres.

Tu me rappelles ce personnage de l'antiquité, dont le nom a passé à la postérité uniquement parce qu'il fut bon et se dévoua au salut de tous.

Il s'appelait Curtius.

C'était un jeune et brave guerrier romain, aimé de tous ceux qui le connaissaient. Ses exploits à la guerre, les services qu'il avait déjà rendus à sa patrie, malgré sa jeunesse, l'avaient déjà fait très cher à ses concitoyens.

Un jour, dans la principale place publique de Rome, qui s'appelait le Forum, il s'ouvrit un grand trou, qui paraissait d'une immense profondeur et dont les bords s'élargissaient d'heure en heure.

Or, ce trou, devenu vite un gouffre et qui allait être bientôt un abîme, menaçait d'engloutir la ville entière.

On consulta l'oracle.

L'oracle, dans ce temps-là, c'était une sorte de magicien, de devin, qui prétendait connaître les secrets du passé et de l'avenir des hommes et de la nature.

On consulta donc l'oracle, en lui apportant force cadeaux, car il est à remarquer que les gens qui font profession de deviner et de prédire, ne le font jamais pour rien.

L'oracle répondit que ce gouffre se fermerait aussitôt que les Romains y auraient jeté ce qu'ils avaient de plus précieux pour l'instant.

*
* *

On y jeta des objets et des meubles d'argent et d'or, des pierres rares et brillantes et des perles, mais le gouffre resta béant.

Alors, Curtius, voyant dans les regards de ses amis, de ses compatriotes, tous muets et consternés, que ce qu'ils avaient de plus précieux, c'était lui, lui l'honneur, la gloire et l'espoir de la ville, il se jeta dans le gouffre.

La légende, qui rapporte ce fait, assure que l'abîme se ferma aussitôt.

Évidemment cette légende est une pure fable. Mais elle est d'un bel exemple et sa moralité, bien réelle, est d'un haut enseignement.

Elle montre qu'il suffit souvent du dévouement d'un seul homme courageux pour assurer le salut de nombre d'hommes.

Aussi, le nom de Curtius, comme le nom de bien d'autres héros du temps passé, qui donnèrent leur vie pour leur patrie, est-il arrivé et resté honoré, même après deux mille années.

Ceci me rappelle qu'il n'y a pas si longtemps, un homme qui n'était pas un Romain, mais un simple Français, et un Français qui vivait sous le triste Louis XV, se montra aussi brave et aussi dévoué que Curtius.

Il s'appelait d'Assas et était capitaine dans le régiment dit d'*Auvergne*. Beaucoup de régiments portaient alors des noms de provinces françaises, qui sont divisées aujourd'hui en départements.

*
* *

En l'année 1760, c'est-à-dire pendant la désastreuse guerre qui a été cataloguée par l'Histoire sous le nom de guerre de Sept Ans (Vous en apprendrez les sombres détails plus tard), le capitaine Nicolas d'Assas se trouvait en Westphalie, à Clostercamp.

Un matin d'octobre, par une brume épaisse, comme il marchait en tète de ses hommes envoyés en reconnaissance, il se trouva séparé des siens, tout à coup et fut subitement enveloppé par des soldats ennemis qui s'avançaient en silence pour surprendre les Français.

On le saisit, en lui disant à voix basse :

— Pas un cri où tu es mort !

Si d'Assas s'était tu, c'en était peut-être fait de ses compatriotes. Ils tombaient comme lui dans le piège, et un massacre général aurait suivi leur erreur.

D'Assas ne réfléchit qu'une seconde, et avant qu'on eût le temps de lui mettre la main sur la bouche, il s'écria d'une voix tonnante, appelant ses soldats :

— A moi, d'Auvergne ! Ce sont les ennemis !

Aussitôt il tomba, percé de cent coups.

Mais sa troupe était prévenue. Elle donna l'alarme. Des centaines de Français furent sauvés.

Saluons, mes petits amis, ce grand compatriote qui fit le sacrifice de sa vie avec une simplicité si sublime, pour le salut des siens !

*
* *

Mais revenons du grave au doux, du sévère au plaisant.

Eh bien, mon bon Ludovic, sois à ton tour, — dans la mesure de tes moyens, bien entendu — un aimable petit Curtius et un gentil petit d'Assas.

Sacrifie-toi.

Sacrifie-toi pour ta petite Nini.

Il en est temps.

La voilà qui vient de s'arrêter, tendant le bras avec désespoir, et, ma foi, je crois bien qu'elle se refuse à tourner plus longtemps comme une toupie, où plutôt comme un sabot qu'on fouette.

Elle a le cœur très gros, Nini. Elle est prête à pleurer.

Car si elle n'a plus des yeux pour y voir, elle en a pour verser des larmes.

Entre nous, mon bon Ludovic, je suis sûr que, si elle pouvait tenir enfin l'un de vous autres dans ses petites mains, elle commencerait par le battre, par l'égratigner peut-être même, dans sa colère, pour se venger de vos malices trop longtemps prolongées.

— Allons, Ludovic, laisse-toi prendre!

Il ne faut pas exciter au delà de la plaisanterie le caractère sensible des enfants.

On en a vu qui tombaient en convulsions à la suite d'un accès de rage nerveuse, d'épilepsie même, provoquée par les taquineries des frères et des sœurs.

Et c'est fort grave.

On a beau se repentir, le mal est fait.

N'attendez donc pas, mes petits, que le jeu soit devenu une véritable torture pour Nini.

Fais-toi prendre, Ludovic.

Et vous, Germaine, Élisa, et toi petit Gaston, soyez moins impitoyables et moins malicieux.

Ne faites pas aux autres ce que vous ne voudriez pas qu'on vous fît.

Otez-lui vite son bandeau et faites attention que Nini ne trébuche pas, éblouie par la lumière enfin retrouvée.

LES INVENTIONS DE LOLO

I

LOLO PHOTOGRAPHE

Mon ami Lolo, qui a huit ans, est un gentil garçon dont l'esprit est très inventif.

Observateur intelligent, curieux dans le bon sens du mot, imitateur patient et ingénieux, il arrive à imaginer des jeux qui lui sont tout personnels, et dont il se hâte de faire part à ses petits camarades.

Aussi ses camarades l'ont-ils en grande admiration et en vive estime.

Lolo ne se montre pas plus fier pour cela.

Il n'a point de vanité.

Son bonheur est de faire plaisir aux autres, tout en s'amusant beaucoup lui-même.

Les jouets tout faits ne lui déplaisent pas. Il les accepte même avec reconnaissance.

Mais quand il les a bien examinés, tournés et retournés dans tous les sens, et cela sans les casser cependant, « pour voir ce qu'il y a dedans », comme font tant d'autres enfants, il cherche à les perfectionner à sa mode, à les varier selon son goût, à les transformer d'après ses idées.

Les changements qu'il apporte dans leur construction ou dans leur emploi, en font des créations nouvelles, plus ou moins heureuses, mais qui témoignent, comme je l'ai dit, d'un esprit déjà fort inventif.

Que vous dirai-je?

Par exemple, un matin, il décide qu'il sera *armateur*, c'est-à-dire qu'il chargera un petit navire, dont on lui a fait cadeau, de marchandises pour aller en faire le commerce au loin, dans les Indes.

Alors, le voilà qui trace, à l'encre ou au crayon, des cercles noirs autour des bobines en bois que sa maman lui abandonne, quand il n'y a plus de fil dessus, bien entendu.

Et bientôt ce sont des petits tonneaux et des barriques qui semblent naître sous ses doigts.

Il enveloppe de papiers de différentes couleurs, et ficelle avec soin, de petits morceaux de sucre, des fragments de biscuit, ou bien de la mie de pain pétrie et moulée dans un dé à coudre, et voilà toute une cargaison des ballots de denrées coloniales.

Avec des agrafes, il fait des ancres pour son bâtiment et avec des perles noires, il obtient de bonnes poulies où glissent fort bien les cordages.

En un mot, il sait trouver et arranger les accessoires du jeu qu'il entreprend, dans des objets qui sont tout à fait étrangers à ce jeu.

Il a des bonheurs de père regardant ses enfants, quand il arrive à son but.

Et il y arrive souvent.

Ainsi, ayant besoin d'une souris, je suppose, il prend une amande, car il a remarqué qu'une amande a l'air du corps grassouillet et un peu voûté d'une souris, et, pour compléter la ressemblance, il fait deux points noirs, de chaque côté du bout le plus mince, qui devient le museau, et au-dessus de ces points noirs, de chaque côté encore, il soulève, avec la lame d'un canif, délicatement, sans les détacher tout à fait, deux petits fragments de la peau de l'amande. Cela imite fort bien les oreilles rondes de la souris. Enfin, sous le ventre, il enlève et replie en arrière une mince bandelette de peau, et cela fournit la queue de la souris.

*
* *

Il fait aussi d'un citron un petit cochon. Et voici comment:

Quatre bouts d'allumette en bois plantés de biais dans la peau font les pattes. Un long et fin morceau de zeste, découpé sous ce qui doit être le ventre et ramené en arrière, en dehors, devient la queue de l'animal. Pour le groin, il est formé naturellement par le bout pointu du fruit. Mais, de chaque côté du groin, il faut avoir soin de soulever avec précaution, à l'aide d'un couteau, deux triangles de zeste, la pointe en bas, qui sont les oreilles pendantes du goret. Deux points noirs imiteront les yeux.

Je pourrais citer vingt autres exemples d'inventions semblables sorties du cerveau et des doigts de mon ami Lolo. Mais il faut savoir se borner.

Et puis, je ne sais s'il m'est permis de dévoiler tous ses secrets?

Il faut que je vous raconte encore comment et avec quoi il s'est improvisé directeur d'une troupe théâtrale.

Il avait remarqué Guignol aux Champs-Élysées.

De retour à la maison, il voulut imiter le spectacle qu'il avait goûté devant les marionnettes.

Le dossier d'une chaise, dont la partie inférieure fut enveloppée d'un vieux rideau fourni par sa maman, devint le théâtre. La scène se trouvait entre les barreaux supérieurs.

Mais où trouver des acteurs ?

Grand embarras de Lolo.

Sa sœur avait nettement refusé de lui prêter ses poupées, en lui disant :

— Mes filles ne seront jamais des comédiennes !

*
* *

Mon ami Lolo ne fut pas découragé par cette réponse un peu sèche.

Mais alors il chercha les moyens de remplacer la poupée, qu'on ne voulait pas lui confier, par des choses qui eussent à peu près, et de loin, la forme et l'apparence des acteurs de Guignol.

Il demanda deux mouchoirs blancs, hors d'usage, mais propres, pour en faire ce qu'il voudrait ; on les lui accorda.

A l'une des cornes de ces mouchoirs, il fit un nœud gros mais point serré. Ce nœud ressemblait assez à une tête coiffée d'un turban, surmonté lui-même d'un comique plumet très mobile. Avec un pinceau et un peu de rose, puis de noir, il fit de vagues yeux et une bouche quelconque sur ces nœuds.

Chaque tête faite, il fourra délicatement son doigt *index* à l'intérieur du nœud et recouvrit adroitement sa main avec l'étoffe du mouchoir ; cela donna le *corps* de la tête. Puis le *pouce* et le *grand doigt* enveloppés aussi, bien entendu, par l'étoffe, mais d'une façon un peu plus serrée, formèrent deux petits bras.

De sorte que quand il agitait le grand doigt et le pouce, le bonhomme en linge avait l'air de dire *préchi-précha, ma chemise entre mes bras*.

Et quand il remuait l'*index*, le bonhomme en linge baissait ou relevait la tête, et paraissait souhaiter le bonjour à la compagnie.

Mon ami Lolo s'était créé deux comédiens à peu de frais.

Il les fit jouer, en se mettant à genoux derrière la chaise changée en théâtre, et en ne montrant ses acteurs que jusqu'au milieu du corps.

Comme c'est un bon garçon, mon ami Lolo, il fut le premier à appeler sa sœur pour regarder Guignol.

Et le jeu fit fureur pendant une semaine au moins.

*
* *

Maintenant, Lolo s'est établi photographe.

Le jour où on l'a conduit chez mon ami Carjot, à moins que ce ne soit chez mon ami Nadar, pour y faire faire son portrait, Lolo a silencieusement observé ce qui se passe avant, pendant et après la pose.

Il a bien examiné, pour en retenir la forme, les instruments et les accessoires employés par le monsieur qui a exécuté l'opération.

Il a gravé ses gestes et ses paroles dans sa mémoire.

Seulement, voilà, il n'a pas pu voir ce qui a eu lieu dans un petit cabinet magique, éclairé par une lucarne à verre jaune, où le photographe est allé causer avec un autre monsieur, et cela le chiffonne beaucoup, mon ami Lolo.

Oh ! il est très au courant de ce qu'il faut dire et faire quand on tire le portrait de quelqu'un.

Mais, comment ce portrait est-il venu se peindre dans le petit cadre de bois que le monsieur a emporté dans le cabinet à verre jaune, c'est ce que Lolo ignore.

C'est égal Lolo ne s'en établira pas moins photographe.

Le mot *collodion*, qu'il a entendu prononcer, lui est resté dans l'oreille et il le répète avec bonheur, sans cesse.

Tout pour le collodion !

Il ne sera plus armateur, ou fabricant de petits cochons en citron, ou directeur de Guignol, il sera désormais photographe toute sa vie. Il le dit du moins.

Et il opérera lui-même !

Déjà il met son projet à exécution.

Regardez l'image, et vous verrez si je mens.

A l'aide d'un paravent, mon ami Lolo a transformé un coin du salon en atelier de pose.

Et il crie à tue tête, en disposant les meubles :

Entrez ! Entrez ! messieurs et mesdames. Le collodion est prêt, c'est un excellent collodion. Trois médailles d'honneur à l'exposition des collodions !

Et il ajoute :

Portraits à cinq francs ! La nourrice et le nourrisson ne comptent que pour un ! Entrez ! Entrez ! messieurs et mesdames. Le jour est bon ! Faites plaisir à vos parents ! Faites plaisir à vos enfants !

*
* *

Avec la table à ouvrage de sa maman, table surmontée d'un gros rouleau de papiers (sans doute une partition de musique nouée d'un ruban), Lolo a composé et construit l'instrument principal; celui par le trou duquel il a été visé.

Puis, se couvrant la tête d'un tapis de table, comme il l'a vu faire aux praticiens Nadar ou de Carjot, il se penche vers l'instrument et crie :

— Ne bougeons plus ! Regardez, à gauche, ce petit point blanc, mon ami.

Le premier portrait que tire Lolo est celui de Dick, le petit chien de sa sœur, de sa sœur qui ne veut pas prêter des poupées pour en faire des actrices, vous savez ?

Et pour que le portrait du chien ait plus de beauté et fasse plus d'effet sur le public, on a affublé Dick d'une espèce de costume militaire.

— Entrez ! Entrez ! messieurs et mesdames ! C'est ici le collodion supérieur. Tout le monde en demande. En ce moment même, nous faisons le portrait du célèbre général Dick. La vue n'en coûte rien. Entrez !

A force de crier, à force de parler du collodion et de vanter le portrait du fameux général Dick, le photographe Lolo éveille enfin l'attention de sa sœur. Celle-ci, suivie de plusieurs de ses petites années, vient voir ce qui se passe dans le salon.

Dès que ces dames aperçoivent Lolo et son instrument, elles comprennent le jeu qu'il a inventé, et toutes s'empressent d'y prendre part, avec une parfaite gravité.

Et les voilà qui, tour à tour, viennent, avec leurs poupées, frapper chez le photographe, en lui demandant de faire le portrait de leur fille.

*
* *

Je voudrais une douzaine de cartes de mon bébé, mon cher monsieur, dit l'une. C'est pour mes amies de province.

— Et moi, dit l'autre, c'est pour mon mari. Il est en voyage, à Passy, et m'écrit tous les matins qu'il voudrait avoir mon portrait.

— Très bien, mesdames. Veuillez vous asseoir dans le salon, répond Lolo. Je suis très occupé pour le moment. Le portrait du général Dick me donne beaucoup de mal. Il ne veut pas se tenir debout et voilà plus de mille fois que je recommence !

— Ah ! cela est bien fâcheux, reprend une autre petite fille.

Je suis très pressée. Je dois aller au Louvre acheter cinquante mètres de toile pour garnir mes oreillers et mes peignoirs, monsieur.

— Allons, si vous êtes pressée, madame, je vais être à vous tout de suite.

— Et Lolo, avec un grand sérieux, dit encore.

— Il est à vous, madame, ce chat?

— Oui, c'est mon cousin-chat, monsieur.

— Ah! il est fort bien, monsieur votre cousin-chat. Faudra-t-il le photographier aussi? — Mon collodion est délicieux, madame.

— Oui, vous lui en donnerez. Je l'aime beaucoup, monsieur.

— C'est très bien.

Et Lolo essaye de faire poser le chat. Mais Minet ne tient pas du tout à avoir son portrait et encore moins à être assis de force sur une chaise, devant un rouleau de papier. Il jure et se sauve.

Le photographe est donc obligé de passer à ces dames et à ces demoiselles.

Il les fait asseoir, leur arrange les cheveux, leur dit de se tenir bien raides et de regarder un petit point blanc, à gauche, sans bouger.

Puis il se met la tête sous le tapis.

Puis il ôte le tapis et dit :

— Attention ! — Un ! deux ! trois ! — C'est fait. — Vous pouvez bouger, madame !

Aussitôt il court derrière le paravent, où est son cabinet d'opération.

Au bout d'un instant il reparaît, la main étendue, souriant, et dit :

— Madame, il est très bien venu. Il sera charmant. Vous aurez ça dans une quinzaine de jours. On vous enverra une épreuve après-demain. J'ai bien l'honneur de vous saluer.

La dame photographiée se lève, et rejoint ses amies en disant :

— Ah ! ma chère ! c'est un photographe très habile. Il a un collodion tout à fait remarquable. Allez donc vous faire photographier, ma chère !

— Oui, ma chère, j'y cours !

— Adieu, ma chère.

— Au revoir, ma chère.

Et la séance de pose continue ainsi jusqu'à ce que Lolo change de jeu et d'idée.

II

LOLO CHEF D'ORCHESTRE

Les inventions de mon jeune ami Lolo, je dois l'avouer, ne sont pas toujours inoffensives.

J'ajouterai même que quelques-uns des amusements qu'il invente et qu'il procure à ses camarades ne sont guère amusants — pour ses voisins.

Ainsi, par exemple, lorsque, malgré les défenses sévères et formelles de ses parents, il achète des pétards et des chandelles plus ou moins romaines pour imiter le feu d'artifice de la fête nationale du 14 juillet, il est certain qu'il n'est pas très régalant pour la respectable dame qui prend le frais dans le jardin voisin de celui du papa de Lolo, de faire un saut en l'air d'effroi à chaque détonation.

Une fois, — c'est un aveu qui me coûte à faire, — une fois même un vieux monsieur en visite chez la respectable dame eut sa perruque presque entièrement brûlée par un *soleil* que Lolo avait lancé en l'air, de toutes ses forces, et qui vint retomber sur la tête du vieux monsieur.

— Le soleil fit un effet admirable en l'air, je n'en disconviens pas, mais il parut beaucoup moins agréable au vieux monsieur à qui il roussit la moitié de ses faux cheveux.

Il est vrai de dire que ce soleil, en cette occasion mémorable, arriva sur la tête du vieux monsieur, à peu près comme un juste châtiment décoché par le doigt de la Providence.

*
* *

En effet, au lieu d'accepter avec résignation et sagesse les irréparables outrages de l'âge, au lieu d'essayer de les faire oublier à force de bonté, de grâce, d'esprit, le vieux monsieur dont je vous parle avait la faiblesse de vouloir rester jeune et joli, quand même, au moins par l'aspect extérieur de la personne.

Il est absolument permis, et cela n'a rien de ridicule non plus, de porter une perruque, quand on n'a plus de cheveux, afin de ne pas avoir froid à la tête.

Il est absolument permis, et cela n'a rien de ridicule non plus, de remplacer les dents perdues par des dents fausses, car avec ces dents on mastique parfaitement ses aliments et on les digère mieux.

Cela n'est pas plus défendu, et c'est aussi naturel que de prendre une canne pour s'aider dans la marche quand on a les jambes faibles.

Mais ce qui est absolument ridicule chez un vieillard, c'est de se teindre et de se peindre, et de mettre des faux mollets.

Or, le vieux monsieur, dont le *soleil* de Lolo roussit la perruque, passait toutes ses matinées à teindre ses sourcils et à couvrir de rouge et de blanc son visage que, chaque soir, il graissait d'onguents et de pommades pour en effacer les rides.

Il s'habillait à la façon d'un tout jeune homme, mettait des faux mollets, comme je l'ai dit, et torturait son estomac dans un corset pour faire fine taille, car il avait un gros ventre.

Enfin, il était parfaitement risible et absurde.

Par suite, quand sa perruque blonde fut brûlée à moitié par le *soleil* de Lolo, je ne le plaignis pas beaucoup.

Les vieux bonshommes de cet acabit-là ne sont guère respectables, car leur tenue de coquette enragée ne peut que ridiculiser la vieillesse et faire rire d'elle. Heureusement ces *vieux beaux*-là sont rares.

Mais s'il existe des vieux imbéciles, ce n'est pas une raison pour lancer des soleils à la volée, n'importe où, en risquant de mettre le feu à des rideaux, à de la paille, enfin à tous les objets combustibles que renferme une maison.

Donc, bien que Lolo n'eût incendié que la perruque d'un vieux fou, il eut tort d'abord de désobéir à ses parents, ensuite de tirer un feu d'artifices, sans prendre de précaution, et à deux pas d'un endroit où des voisins pouvaient soudain recevoir sur le nez où dans l'œil la baguette pointue d'une fusée volante lancée maladroitement, au hasard.

***

Une autre fois, mon petit Lolo eut une autre idée, fort réjouissante pour lui et ses amis, sans doute, mais effroyablement terrible aussi pour les locataires de la maison qu'il habitait.

Il se fit chef d'orchestre.

Mais n'anticipons pas sur les événements.

Procédons par ordre.

Une chute précède toujours une autre chute.

Racontons d'abord la première chute de mon ami Lolo dans l'abîme de la musique instrumentale.

Et déclarons, tout de suite, avec sévérité, — et cela à la décharge de mon pauvre petit Lolo, qu'il n'était pas le seul coupable en cette affaire ; qu'il fut amené à faire un bruit d'enfer, avec des instruments variés, par la faute, la très grande faute de ses coupables — je ne mâche pas le mot — de ses coupables parents, lesquels lui firent cadeau d'un tambour.

Donner un tambour à un enfant, quand cet enfant n'habite pas à la campagne, quand cet enfant demeure dans une ville, à un étage quelconque d'une maison remplie de locataires, je dis et je répète que c'est un attentat à la tranquillité publique.

Donner un tambour à un enfant, dans une ville, c'est le fait d'un égoïste haïssable qui ne se moque pas mal de ce que les autres peuvent souffrir ; c'est aussi le fait d'un bon gros sot sans cervelle qui ne refléchit pas un instant que les complications de la vie moderne surmènent et lassent le système nerveux de tous ceux qui travaillent et que ces travailleurs fatigués, après la besogne, ont bien gagné le droit de reposer un peu leurs muscles et leur tête, dans la paix et le silence.

J'aime à me bercer de l'espoir que les parents de mon ami Lolo ne sont ni des égoïstes ni des imbéciles, et que le tambour donné à Lolo ne vient pas d'eux, mais d'un ami de la maison.

Quel qu'il soit, c'est un sot cruel, et je le maudis au nom des milliers de personnes qui ont souffert mort et passion, à Paris, depuis deux cents ans, en écoutant bien malgré eux les roulements faux (encore s'ils étaient justes !) des tambours donnés aux enfants.

*
* *

Donc, Lolo avait un tambour, et comme jouer tout seul du tambour, ce n'est pas extrêmement drôle à la longue, même pour un enfant qui aime le bruit, Lolo avait rapidement fait connaissance avec d'autres gamins de son âge, également pourvus de tambours par des parents ou des amis stupides.

Et il les avait amenés chez lui, dans son jardin, car il avait résolu d'être tambour major, c'était sa dernière invention.

Jamais on ne vit autant de tambours dans un si petit espace !

Lolo, une canne à la main, se mit à la tête de dix tambours, qui résonnaient faux, tous! et il exécuta, pour sa joie et pour l'agrément de ses voisins, une série de batteries et de marches brillantes dont ses parents eux-mêmes trouvèrent l'éclat inopportun.

Ce qui fait qu'un beau matin — oh! oui, qu'il fut beau, ce matin-là! — tous les tambours se trouvèrent troués, en dessus et en dessous, à l'aide d'une épingle.

On les avait rendus muets; j'ignore absolument comment cela se fait. Les tambours étaient remisés dans le kiosque du jardin du papa de Lolo. On les y croyait bien en sûreté.

Eh bien, il faut croire qu'ils n'y étaient pas en sûreté, pas du tout, car, comme j'ai eu l'honneur de vous le dire, on les trouva tous crevés — vlan! — un beau matin.

*
* *

Mais Lolo avait goûté à la musique, et il en voulait encore! — c'en était donc fait de sa tranquillité — et de celle des autres — pour pas mal de temps.

Il avait commencé par le tambour et il y avait trouvé des charmes, le petit misérable!

Il devait donc finir par désirer un orchestre composé d'instruments plus variés que le tambour, mais aussi assourdissants.

N'ayant pas d'orchestre sous la main, il en inventa un.

Oh ! les inventions de mon ami Lolo !

Quand elles ne sont pas charmantes comme celle de découper, dans des navets, des roses et des dalhias qu'il sait ensuite très bien colorier ; quand elles ne sont pas baroques, comme celle de semer des centimes dans la terre pour voir si, par hasard, on ne pourrait pas récolter des pièces de vingt sous, en arrosant bien les centimes; quand elles ne sont pas enfin pacifiques ou comiques, les inventions de mon ami Lolo sont des fléaux.

L'invention de l'orchestre fut la plus épouvantable de toutes.

Les tambours venaient à peine d'être nocturnement victimes du lâche (et vengeur) attentat que vous savez, quand Lolo, en quête d'une invention nouvelle, fit cette remarque qu'un ami de la maison, un architecte (cette profession est sans pitié), lequel jouait harmonieusement de la contrebasse, avait oublié son instrument dans une chambre de la maison.

Pourquoi l'avait-il oublié là? On ne l'a jamais su. Mais il est bien étrange de voir un musicien se séparer de son instrument favori. Après ça, les musiciens sont capables de tout. Passons.

Quel trait de lumière pour Lolo que la découverte de cette énorme contrebasse !

Être maître, à huit ans, d'un délicieux instrument de tapage qui ressemble à une énorme armoire à ficelle, quel triomphe ! quelles délices.

Le point de départ de l'orchestre que méditait Lolo était enfin trouvé.

Il ne restait plus qu'à lui ajouter des rallonges, c'est-à-dire à lui joindre d'autres instruments... de torture.

Maudit soit l'architecte contrebassiste !

Je vous ai déjà dit que Lolo avait de l'imagination.

Il le fit bien voir en cette affaire.

Il le fit bien voir, je le répète, et il le fit surtout bien entendre aussi, hélas !

*
* *

Abusant de l'absence des papas, des mamans, des oncles, des tantes, des domestiques, enfin de toutes les personnes plus ou moins raisonnables qui l'entouraient ordinairement, Lolo appela ses petits amis à son aide, leur expliqua son idée, qui fut trouvée exquise puis il les conduisit dans la cuisine.

Arrivé là, il leur dit avec solennité :

Artistes ! vous cherchez des instruments dignes de vos talents, eh bien, en voilà ! Prenez-les et servons-nous-en !

Et alors on décrocha les couvercles sonores et les casseroles retentissantes.

On emprunta les pincettes qui vibrent d'une façon si aiguë quand elles tombent sur le marbre du foyer des cheminées.

On alla même jusqu'à « chiper » la sonnette et l'entonnoir !

Puis on revint dans la salle où ce monstre d'architecte amateur avait oublié sa contrebasse.

Là, on découvrit une trompette un peu endommagée, il est vrai, et qui ne donnait qu'une note épouvantable, mais qui la donnait bien.

Puis, ô miracle, dans un coin, sous des rideaux, on retrouva un vieux tambour, garni de sa peau, et qui n'était nullement crevé.

C'était le seul survivant des tambours si mystérieusement frappés.

C'était le seul échappé du massacre des Innocents ; car les tambours n'étaient pas coupables, eux, mais bien ceux qui les battaient à outrance.

La découverte du tambour sauvé des épingles fut saluée par des hourras enthousiastes.

Il y eut même un petit garçon frisé qui, en voyant le tambour, se mit à pleurer de joie (car il regrettait amèrement le sien) et il embrassa le revenant comme on embrasse un vieil ami de retour après vingt ans d'absence.

*
* *

Les instruments réunis, Lolo les distribua.

Il se réserva, par exemple, la manœuvre de l'armoire à ficelle, je veux dire de la contrebasse.

Mais comme il jugea bien qu'il serait incapable, à lui tout seul, de tirer un son quelconque de ce monument musical, il pria Mlle Caroline, jeune fille remarquable par son chapeau de bergère et son amour des choses bruyantes, de l'aider à racler les cordes du géant des instruments.

Elle souscrivit avec un bonheur indicible à cette proposition, et promit de racler les cordes en y mettant toutes ses forces, et comme si elle avait à scier de long une poutre.

On confia une casserole à monsieur Lili, un jeune homme qui ne portait pas encore des culottes, mais qui se distinguait déjà par une robe d'un jaune élégant.

— On lui confia la casserole en lui disant :

— La voilà ; mais seras-tu assez fort pour en jouer convenablement ?

Monsieur Lili, indigné par ce doute offensant, brandit un morceau de bois, et, pour toute réponse, en asséna un coup violent sur la casserole qui rendit un joli son comparable à une explosion.

— C'est très bien, dit Lolo. Merci !

Mademoiselle Georgette, en dépit de la douceur de son caractère, s'offrit pour entrechoquer des couvercles, entre autres celui du four de campagne, et elle promit de se montrer digne de la confiance générale en ses talents.

Enfin, tous les enfants adoptèrent l'instrument qui leur plu le mieux, et le concert commença par un solo de sonnette qui n'eut rien de très redoutable.

Cependant, Miston, le chat de la maison, qui avait suivi tous les préparatifs du concert d'un œil sans défiance tout d'abord, commença à se douter que la chose pourrait bien finir par ne pas lui être très agréable.

Ilse frotta l'oreille avec inquiétude.

*
* *

Au solo de sonnette succéda un morceau tout à fait remarquable pour contrebasse et trompette, que soutint et accompagna bientôt les rugissements étranges de l'entonnoir.

C'était admirable.

Miston, néanmoins, se refrotta les oreilles, en frémissant de tous les poils de son dos.

Et, dans la maison, au-dessus et au-dessous de la chambre où avait lieu le concert inprovisé, les voisins, étonnés au suprême degré, commencèrent à se demander si on n'égorgeait pas deux cochons et un certain nombre de volailles aux environs.

Après le morceau pour contrebasse et trompette, avec accompagnement d'entonnoir, on exécuta une marche guerrière d'un beau caractère sauvage, pendant laquelle les cymbales de mademoiselle Georgette firent un effet merveilleux.

Cependant Miston ne sembla pas trouver à son goût cette marche guerrière d'un si beau caractère.

Que ces dilettantes sont difficiles à satisfaire !

Pour les voisins d'au-dessous, ils furent exactement de l'avis des voisins d'au-dessus, sur la qualité de la musique qui frappait leurs oreilles.

Ils la trouvèrent abominable, et crurent qu'une armée de saltimbanques avait pris d'assaut leur maison, pour s'y installer en vainqueurs.

*
* *

Quant à la respectable dame, dont Lolo avait déjà failli réduire en cendres le vieil ami, elle se douta, bien qu'un peu sourde, d'où pouvait venir ce concert infernal, et envoya sa bonne prévenir la garde et le commissaire.

— Décidément, se dit-elle, les enfants de nos voisins en veulent à ma vie. Il est temps de les arrêter dans leurs noirs complots.

Hélas ! elle fut trompée dans son espoir, car la bonne revint en déclarant que le commissaire n'y pouvait rien. La musique est reconnue pour l'un des Beaux-Arts et celui qui adoucit le plus les mœurs, avait répondu le commissaire. Le gouvernement l'encourage ; il a même établi un Conservatoire pour la conserver et la propager. Ainsi, il n'y a rien à faire. Souffrez et tâchez de vous bien porter, néanmoins.

Pendant que la respectable dame apprenait avec épouvante que rien, rien, rien, ne protège les citoyens contre la musique, et qu'au contraire la nation française donne des prix de Rome à ceux qui en font le plus, mon ami Lolo et ses gagistes se livraient au bel art de la musique de la chambre avec une furie exceptionnelle.

Le plafond en tremblait.

Le pauvre Miston, devenu fou, courait éperdument par toute la chambre, faisait des bonds prodigieux, sautait sur les fauteuils, renversait les objets placés sur les meubles, et, bien innocemment, jouait sa partie dans le concert en y joignant son propre fracas.

La position des voisins d'au-dessus et d'au-dessous devenait plus effrayante de moments en moments. Ils avaient des larmes de rage dans les yeux, et ils se montraient les dents comme s'ils allaient se mordre les uns les autres.

Il y avait de quoi.

Autant s'entre-dévorer mutuellement, et en finir tout de suite, que d'écouter plus longtemps le concert de Lolo et de ses amis.

Mais Lolo et ses amis étaient bien loin de se douter de l'effet flatteur produit par leur musique.

Ils la savouraient avec délices et redoublaient d'ardeur dans l'exécution.

*
* *

Les enfants oubliaient si bien l'existence du monde et des martyrs qu'il renferme, principalement quand on y fait de la musique, qu'ils n'entendirent pas rentrer leurs parents.

Or, ces parents, attendus sur le seuil de la maison par une foule exaspérée qui leur reprochait d'encourager les enfants à détruire le repos de tout le quartier, se mirent en colère pour toutes sortes d'excellentes raisons et firent irruption soudain dans la chambre où Lolo et ses invités continuaient à se livrer à leurs goûts pour l'harmonie.

Une large distribution de giffles fut la récompense de leurs efforts.

Je plains Lolo et ses amis, mais, bien que je sois personnellement opposé à tout châtiment corporel, je suis forcé d'avouer qu'ils l'avaient tous bien mérité.

Miston en est resté sourd. Les voisins ont failli en faire diverses maladies et la respectable dame a eu une crise de nerfs.

Les coupables furent punis par la privation de dessert pendant huit jours.

Cependant, comme le monde n'est pas en général aussi noir

et aussi méchant qu'on le dit, au bout de quelques jours, deux ou trois, je crois, les voisins et la dame respectable demandèrent la grâce des condamnés.

Et comme, en cette occasion, on me fit l'honneur de me consulter, je proposai de faire à mon ami Lolo un cadeau, c'est vrai, mais un cadeau qui nous débarrasserait de sa présence et de ses inventions en l'éloignant de la maison pendant pas mal de journées d'été. Nous serons bien tranquilles, alors !

— Que voulez-vous dire ? demanda la dame respectable, et comment arriverons-nous à ce consolant résultat ?

— Je veux dire, madame, répliquai-je, qu'il faut nous cotiser pour offrir un vélocipède à ce charmant mais terrible Lolo.

— Un vélocipède ! très bien ! firent les voisins d'au-dessus.

— Un vélocipède ! jamais ! firent les voisins d'au-dessous. Il ne manquerait plus que cela ! Il le ferait galoper sur nos têtes.

Alors, je repris la parole en ces termes :

*
* *

— Mesdames et Messieurs, dis-je, nous lui ferons cadeau de ce vélocipède, oui, mais à condition qu'il ne s'en servira que dans les rues, les champs, les bois, partout, excepté dans la maison ! Or, comme le vélocipède est un jouet tout nouveau pour lui, et comme il en désire un de tout son cœur, n'ayant pas encore pu arriver à s'en fabriquer un, il n'aura qu'un but, pendant bien des journées, c'est de sortir pour aller faire de l'équitation. Il a été photographe, tambour major, directeur de concert, soyez sûr qu'il voudra passer au rang de directeur de cirque et d'écuyer de distinction.

On arriva à se mettre enfin d'accord sur ce point important et Lolo fut pourvu d'un vélocipède acheté à frais communs.

Vous pouvez vous en convaincre en regardant la gravure ci-contre.

Cette gravure vous montre aussi que ce n'est pas dans une chambre, et sur la tête de ses infortunés voisins que Lolo se livre au sport du vélocipède, du moins jusqu'à présent.

Non, c'est à la campagne, aux environ de la ville, qu'il roule majestueusement quoique avec élégance sur le dos de son cheval en fer.

*
* *

Il fait la joie des petits paysans, aux yeux desquels il passe pour un gentilhomme de la plus haute volée.

Mais il met le trouble dans les troupeaux d'oies qu'il rencontre sur sa route.

Et les oies se mettent dans des colères incroyables.

Depuis que les oies du Capitole de Rome, dans les vieux temps, ont sauvé la ville d'une prise d'assaut par les Gaulois, en avertissant et en éveillant par leurs cris les soldats romains endormis; depuis que ces mêmes Romains ont rendu des honneurs sacrés aux oies, les descendantes de ces oies sont devenues très « susceptibles », comme on dit vulgairement, et elles ne veulent se déranger pour personne sur les routes.

Il faut parlementer avec elles, et presque s'humilier, pour qu'elles daignent se détourner un peu de leur route.

Et encore, tandis que les dames du troupeau consentent à faire demi-tour à gauche ou à droite, le père de famille, le *jars*, comme on dit, allonge son col onduleux vers vous, ouvre un bec menaçant, et siffle comme un serpent sur vos talons.

Mais Lolo est très brave, et puis il est haut juché sur son vélocipède. Il ne craint donc pas pour ses jambes le coup de pointe du jars.

Il se borne à faire tourner lentement les manivelles avec ses pieds habiles, et passe à travers les oies qui s'effarent, clament, sifflent, tandis que lui sourit d'un air de protection aux petit paysans, — des Alsaciens, hélas ! — qui s'en vont à l'école, à deux, armés d'un parapluie qui pourrait servir pour six, sous le bras.

*
* *

Il est heureux, Lolo !

Eh bien, et nous ! — C'est nous qui sommes plus heureux encore, nous ses voisins et ses anciennes victimes.

Nous pouvons maintenant dormir, rêver, travailler, nous reposer, sans craindre d'être tout à coup troublés par les inventions bruyantes de mon ami Lolo.

Il nous a bien promis de ne plus inventer que des jeux pacifiques, silencieux et intimes.

C'est un garçon d'honneur. Il tiendra sa parole.

Aussi, à présent que tout cela est déjà loin, dans le passé, nous ne songeons plus au concert infernal que pour en rire.

C'est égal, ce fut un concert bien extraordinaire.

Il y eut, dans les temps anciens, un musicien, c'était un architecte aussi, hélas ! celui-là, un nommé Amphion, qui, dit la légende, faisait relever les pierres rien qu'en leur faisant entendre un peu de sa musique, et les pierres allaient toutes seules, se mettre en rang et se superposer pour bâtir les maisons.

C'était bien gentil de la part de ces pierres !

Eh bien, si, comme l'assure le poète Boileau :

> Aux accords d'Amphion les pierres se mouvaient
> Et sur les murs Thébains en ordre s'élevaient,

eh bien, la musique de monsieur Lolo et de ses amis aurait à la longue produit l'effet contraire.

Amphion bâtissait des maisons en faisant de la musique c'est possible. Je n'étais pas là pour le voir. Mais ce que je sais bien, c'est que mon ami Lolo, avec sa musique à lui, aurait fait tout le contraire.

Il les aurait démolies !

PLAISIRS D'HIVER

I

SUR LA GLACE

Vous savez, mes amis, et si vous ne le savez pas, je me permets de vous en instruire, que tous les ans, pendant l'hiver, les journaux de Paris annoncent, chaque semaine, qu'une grande fête de patinage doit avoir lieu au bois de Boulogne.

Quand les journaux font cette annonce, il gèle plus ou moins, mais enfin il gèle.

Chose curieuse, inévitablement, le lendemain de ces annonces, et quand les parisiens sont en train de préparer leurs costumes et leurs patins, au lieu de la fête, c'est le dégel qui arrive.

Cependant, il y a des exceptions à cette règle.

Elles sont rares, mais enfin on en compte quelques-unes — par siècle.

Eh bien, pendant une de ces exceptions-là, les jolis enfants dont la gravure ci-contre vous donne le portrait fidèle, obtinrent la permission de prendre part à une fête de patinage, une fête de jour, cette fois.

Du reste, il serait imprudent de mener les enfants à une fête de nuit, sur la glace.

Ce qu'il en coûterait de flacons de sirop de Tolu et de tisane des quatre-fruits (une excellente tisane de mon enfance, bien trop négligée aujourd'hui); ce qu'il en coûterait aux parents de remèdes de toute sorte, ce serait inimaginable!

Donc, on fait bien de ne permettre aux enfants que les fêtes de jour sur la glace.

* * *

Ce fut un bien beau jour pour Gabriel, pour Marguerite et pour Marthe.

Marguerite, en brillant costume de polonaise, Marthe, en viennoise de bon goût, et Gabriel en petit montagnard basque, furent trouvés charmants.

Comme leur papa avait vécu pendant longtemps dans le nord, comme les enfants y étaient nés, et comme dans le nord il gèle bien plus souvent qu'à Paris, les enfants, guidés par leur père avaient appris à patiner fort bien.

Marthe, si elle l'avait voulu, aurait pu écrire son nom, avec le fer coupant de ses patins, sur la glace, comme d'autres l'écrivent avec une plume sur du papier.

Quant à Gabriel, c'était un patineur intrépide et infatigable.

Mais ce jour-là, comme il était fort galant envers ses sœurs, il voulut bien pousser le traîneau élégant où elles s'asseyaient tour à tour.

Pendant que l'une d'elles était promenée, l'autre patinait, légère et riante, derrière elle.

On s'amusa d'eux beaucoup, et on ne s'apercevait guère du froid.

Par exemple, deux des amis de Gabriel, messieurs *Frisepoulet* et *Grattecoco* ne furent pas aussi satisfaits de leur journée.

Les deux petits garçons qui portaient ces noms, ou plutôt ces surnoms grotesques, que leur avaient donnés leurs farceurs de camarades, étaient des novices en l'art de patiner et même de glisser.

Dame, ils étaient parisiens, et ils n'avaient pas eu souvent le loisir ni le moyen d'apprendre, puisqu'il y a si rarement de la glace bien solide au bois de Boulogne.

Ils s'étaient seulement exercés sur le bassin des Tuileries une fois ou deux et sur les ruisseaux gelés en allant à la pension.

Ce qui n'est pas très convenable ni très distingué, entre nous.

*
* *

Messieurs Grattecoco et Frisepoulet étaient donc des novices, et pendant que Gabriel poussait le traîneau de ces demoiselles, tout en patinant avec grâce et solidité, ces pauvres garçons, bien que munis de bâtons ferrés pour se soutenir, faisaient à tout propos, et hors de propos, des chutes inattendues, sur le dos ou sur le ventre.

Il ne faut jamais rire des gens qui tombent, car ils peuvent s'être fait un mal affreux et même se casser quelque chose, et un bon petit garçon doit, avant tout, aider ou relever, en les plaignant.

Mais, ma foi, messieurs Grattecoco et Frisepoulet tombaient si souvent, dans des poses si comiques, et en criant d'ailleurs *que ce n'était rien,* que l'on ne pouvait pas résister à l'envie de rire qui vous prenait, fatalement, à les voir se débattre sur la glace, et agiter bras et jambes, comme des grenouilles, ou comme des tortues retournées sur le dos.

Honneur au courage malheureux !

Bien qu'ils ne se fissent pas grand mal chaque fois qu'ils tombaient, pile ou face, ils sentirent, à la longue, que tout n'était pas rose dans le métier de patineur, et que les jambes, les épaules et le dos n'ont pas été donnés à l'homme, bien évidemment, pour être cognés rudement, à toute minute, contre la dure surface de l'eau gelée.

Ils le sentirent si bien qu'ils renoncèrent à patiner, bien qu'ils fussent pourtant courageux et persévérants, et ils ôtèrent leurs patins, mais pour aller se joindre à une bande de gamins de toute taille et de tous les costumes, qui avaient organisé une magnifique glissoire.

*
* *

Fameuse la glissoire !

Il y avait même des messieurs, beaucoup plus âgés que les glisseurs, qui, tentés par l'exemple et excités par leurs souvenirs de jeunesse, ôtaient subitement leur chapeau, le donnant à garder à quelqu'un et, avec ardeur, s'élançaient sur la glissoire, très gravement, les jambes largement écartées.

Il fallait entendre les cris et les rires des enfants, quand un de ces messieurs, arrivé au bout de la glissoire, où grouillait un tas de glisseurs tombés par terre, se jetait dans les bras des spectateurs, essayait de se retenir à leurs habits, et finalement roulait, comme les autres, dans les tas de neige.

S'ils étaient fort inhabiles patineurs, en revanche, messieurs Frisepoulet et Grattecoco étaient des glisseurs nés.

Ils obtinrent les suffrages unanimes de la foule par leur façon de glisser debout, pliés en deux, accroupis à la bonne femme, ou sur un pied, et tapant de l'autre la glace, en rémouleur !

C'était admirable de les voir se faire la poursuite, se lancer l'un après l'autre, se rattraper, se joindre et glisser à deux, en se tenant par le cou, la main sur l'épaule.

Mesdemoiselles Marguerite et Marthe, poussées par monsieur Gabriel, vinrent à leur tour leur donner des bravos.

Messieurs Frisepoulet et Grattecoco en furent excessivement honorés et flattés.

Ils faillirent même se flanquer par terre, pendant qu'ils saluaient ces demoiselles avec courtoisie.

Mais ils ne tombèrent pas.

Au contraire, ils passèrent devant le traîneau, avec la rapidité de l'éclair, se tenant bien droits, les jambes serrées, les poings sur les hanches, raides comme des soldats de bois.

*
* *

La fin de la journée de la glace fut marquée par un important événement.

On éleva, en l'honneur du Bonhomme Hiver, parrain des Étrennes, une belle statue de neige, à laquelle on donna son nom.

Tout le monde se mit de la partie pour fournir la matière du monument, ce qui fut bientôt fait, la neige ne manquant pas, et la figure bienveillante du Bonhomme Hiver fut sculptée par un garçon de grand avenir, mais qui ne signa pas son ouvrage.

C'est dommage. Il s'appelait *Beufaluile!*

Monsieur Beufaluile fut même complimenté de la bonne façon par messieurs *Grattecoco* et *Frise-Poulet*, au nom de mesdemoiselles Marthe et Marguerite.

En vérité, monsieur Beufaluile ne pouvait désirer une plus douce récompense!

Cependant, comme la nuit venait, il fallut abandonner la

glace et le Bonhomme Hiver à leur sort, sans oser leur souhaiter ni longue vie, ni bonne santé, ni même leur dire au revoir.

Car tout le monde sentait bien que, pour vif que fût le froid ce jour-là, le vent pouvait tourner pendant la nuit et amener un temps plus doux le lendemain, et par suite la fonte du Bonhomme Hiver.

On lui dit donc adieu, et l'on revint à la maison, l'onglée aux doigts, mais avec un appétit comparable à celui de l'Ogre, dans le *Petit Poucet*, quand il sent la chair fraîche.

II

LE BAL DE CHARITÉ

Quand les principaux acteurs et héros de la fête sur la glace, au bois de Boulogne, dont nous avons donné plus haut un compte rendu, sommaire il est vrai, mais fidèle, se réveillèrent le lendemain, après avoir passé une nuit plus fiévreuse que de coutume, ils éprouvèrent d'abord une difficulté à faire mouvoir leurs bras et leurs jambes.

On eut dit que ces membres étaient comme qui dirait rouillés et qu'ils grinçaient dans leurs charnières.

Néanmoins les enfants étaient bien portants et fort gais, et ils sautillaient déjà en chantant comme des pinsons sur la branche.

On leur fit prendre, pour tout premier déjeuner, une légère

boisson chaude réconfortante, stimulante, et ils se déclarèrent bientôt tout à fait dispos et prêts à recommencer.

Le second déjeuner acheva de dissiper toute trace des fatigues éprouvées le matin, suite très naturelle d'un exercice quelque peu violent, dont ils n'avaient pas l'habitude, et d'une longue exposition au grand air.

L'après-midi, ils allèrent, avec leur bonne, aux Champs-Élysées ; il faisait beau et sec, et ils jouèrent à des jeux nombreux en compagnie de leurs amis ordinaires.

Grattecoco et Frisepoulet étaient là, bien entendu, mais avec la mine un peu longue, car leurs nombreuses chutes de la veille leur avaient laissé pas mal de points bleus, douloureux, sur les épaules et ailleurs.

Mais, bah ! il faut, autant qu'on le peut, faire contre mauvaise fortune bon cœur, quand on est courageux, et c'est ce que firent, après quelques efforts, messieurs Grattecoco et Frisepoulet.

Comme on ne peut pas toujours jouer, surtout le lendemain d'une fête, les enfants chaudement enveloppés, afin de ne pas se refroidir, interrompirent leurs jeux pour se promener un instant, en causant.

Pendant la promenade, monsieur Grattecoco raconta à ses amis et à ces demoiselles l'histoire d'une famille bien malheureuse, histoire qui l'avait beaucoup frappé.

Cette histoire avait été dite par sa gouvernante, le matin même, en présence de ses parents, il l'avait retenue mot pour mot.

On lui demanda naturellement de la redire, et il le fit de la façon suivante :

*
* *

— Figurez-vous, mes amis, qu'il y a en ce moment, près des fortifications, du côté de Plaisance, à Paris, une vieille femme âgée de plus de soixante-dix ans, dont la fille est morte après avoir été abandonnée par son mari, lequel est un ivrogne, et cette pauvre grand'mère n'a pour unique ressource que de clouer de ses doigts tremblants des masses de clous sur les grosses boules qui servent aux messieurs pour jouer aux boules.

Elle ne gagne presque rien, à peine de quoi acheter des croûtes de pain pour faire de la soupe, afin de nourrir ses quatre petits enfants. Car sa fille qui est morte abandonnée lui a laissé quatre petits enfants et la vieille femme les a pris à sa charge.

— C'est bien affreux ! dirent les amis de monsieur Grattecoco.

Vite, il faut faire une quête. Chacun de nous donnera ce qu'il possède. Ou bien, mettons nos joujoux en loterie, à trois sous le billet, et envoyons le produit à la pauvre femme.

— Hélas, ce serait bien peu de chose, fit remarquer M. Frisepoulet.

— C'est vrai, dirent tristement tous les enfants.

— Figurez-vous aussi, reprit monsieur Grattecoco, que ma bonne a vu ces enfants. Ils n'ont pas d'habits chauds. Le mieux vêtu, c'est un petit garçon, l'aîné, qui va demander de la soupe à la porte des casernes, une boîte d'étain à la main. Et encore, savez-vous comment il est vêtu ? Il est habillé d'un grand corset de satin noir auquel on a ajouté, en haut, des manches grises et en bas des jambes de pantalon de laine bleue.

— Oh ! c'est impossible !

— Ma bonne l'a vu, et comme elle me dit elle-même qu'il ne faut jamais mentir, je ne puis croire qu'elle mente. Elle l'a vu, le petit au corset !

— Et les autres !

— Les autres ont des camisoles et des pantalons pleins de trous. Et devinez dans quoi ils mangent leur soupe faite avec des croûtes de pain ?

— Dans des assiettes ébréchées ?

— Non ! Vous n'y êtes pas. Ces pauvres petits, qui demeurent en outre dans une cabane en planches, recouvertes de morceaux de toile cirée, mangent leur soupe dans des pots à fleurs en terre rouge, vous savez des pots dont on a fermé le trou avec un bouchon.

— Oh ! les pauvres enfants.

*
* *

— Eh bien, mes amis, reprit Grattecoco, en s'essuyant les yeux, — car il avait un cœur excellent, et la pensée de ces enfants affamés mangeant leur maigre soupe dans des pots à fleurs lui serrait douloureusement l'estomac, — oh ! mes amis, il m'est venu une idée.

— Laquelle.

— Si nous faisions comme les messieurs et les dames qui donnent des soirées, des fêtes, des bals pour les pauvres? Si nous organisions une soirée, payante bien entendu, dont on donnerait la recette à la pauvre femme de la hutte en planches de Plaisance? Qu'en dites-vous.

— Oui! oui ! c'est cela ! une soirée, un bal !

— Un bal costumé, ajouta mademoiselle Marguerite.

— C'est cela ! c'est cela ! un bal costumé, crièrent les autres enfants. Ce sera bien plus amusant.

— Cela sera plus tentant, c'est vrai, ajouta monsieur Frisepoulet, et on n'hésitera pas à payer son entrée pour montrer son costume.

— Et en même temps qu'on s'amusera bien, on rendra un grand service à ces pauvres petits qui souffrent.

— Bravo !

— Alors, puisque mon idée est acceptée, reprit monsieur Grattecoco, il faut la soumettre tout de suite à nos parents. Nous verrons ce qu'ils en diront.

— C'est entendu !

*
* *

Les enfants se séparèrent enchantés de leur charitable idée. Ils en frétillaient rien qu'en y songeant.

Les papas et les mamans furent instruits du projet adopté en principe, ils l'approuvèrent et promirent d'y apporter leur concours.

En même temps, ils se chargèrent d'organiser le bal, d'en prévenir les familles de leurs amis, et même, comme ils étaient certains de la réussite de cette fête, ils annoncèrent qu'ils allaient, d'avance, envoyer tout de suite quelque argent à la bonne femme de Plaisance, afin de lui permettre de prendre patience.

On fixa le bal costumé à quinze jours plus tard.

Je vous laisse à penser si, pendant ces quinze jours, on travailla de bon cœur, sans relâche, à se faire des costumes charmants et originaux, sans dépenser trop d'argent pour cela, néanmoins.

Partout, chez les futurs danseurs du bal masqué et paré, on trouvait des bouts d'étoffes, des papiers dorés découpés, des galons, des bouts de fil de toutes les couleurs, des aiguilles et des épingles.

Il y avait même tant d'aiguilles égarées çà et là sur les meubles, car la presse était grande et on n'avait pas le temps de les ramasser, — que plusieurs se fixèrent la pointe en l'air, dans le velours des fauteuils, de la manière la plus fâcheuse.

Ce qui fut cause que le petit Chamouillet, le *trottin*, le faiseur de courses d'une modiste, apportant je ne ne sais plus quoi à mademoiselle Marguerite (laquelle se déguisait en princesse du temps du roi Louis XIII), poussa un cri terrible en s'asseyant dans un fauteuil qu'on lui avait amicalement offert.

Le petit Chamouillet n'était pas content.

Il crut d'abord qu'il s'était assis sur une guêpe, mais il vit bientôt qu'il avait eu affaire à une épingle.

On lui offrit quelques sous comme remède à sa blessure, et il se déclara parfaitement guéri au bout d'un instant.

*
* *

Le grand jour, ou plutôt le grand soir arriva enfin.

Tous les habits étaient arrivés à l'heure. Il n'y eut pas de retard. Le coiffeur, par exemple, se fit attendre dans certaines maisons, car il n'en finissait pas dans certaines autres.

Mais ce qu'il y eut de remarquable, à propos justement de ce coiffeur, c'est qu'aucune de ces demoiselles, c'est qu'aucun de ces messieurs, ne se plaignit d'avoir les cheveux tirés trop fort ou d'avoir l'oreille grillée.

Tout le monde était d'une humeur charmante.

Les papas et les mamans étaient sur les dents, eux, mais ils ne se plaignaient pas non plus.

Ce n'étaient, chez les uns et chez les autres, que sourires et gais propos.

Quelques enfants, parmi les plus grands, se montraient un peu plus préoccupés que les autres, cependant.

Nous voulons parler de ceux qui avaient été chargés de réciter entre les entr'actes de danses, pendant que la joyeuse assemblée se reposerait un peu, des pièces de vers ayant pour sujet l'*enfance*.

Les parents avaient voulu, d'abord, créer des temps d'arrêt entre les quadrilles ou les polkas, temps d'arrêt nécessités par la prudence ; ensuite, ils avaient voulu fournir à leurs enfants l'occasion de faire preuve de mémoire et de goût dans la récitation.

Donc, il y avait certains des futurs danseurs qui, tout habillés déjà, se promenaient les mains derrière le dos, attendant qu'on fût prêt à partir et répétant tout bas les pièces de vers qu'ils avaient choisies.

* * *

Toutes les toilettes faites et passées en revue par les mamans, on s'entassa dans les voitures et, fouette cocher ! pour le bal.

On avait loué la salle d'un petit théâtre, sans directeur pour le moment, pour y donner la fête.

Quelques fleurs et des feuillages garnissaient les murs, mais ils furent bientôt détachés par le frôlement des robes et des habits.

Le parquet avait été mis en couleur, passé à la cire et frotté avec tant de bonne volonté par un pauvre frotteur qui avait voulu aussi contribuer à l'éclat de la fête, dans la mesure de ses moyens, que ce parquet reluisait comme une glace.

On s'y serait miré.

Mais on ne songeait guère à s'y mirer. On n'avait d'yeux que pour les danseurs.

Mademoiselle Marguerite, très imposante et très gracieuse cependant, avec son écran à plumes de cygne, fut félicitée par les assistants sur son joli costume.

Pourtant, comme elle daignait causer avec un jeune homme très distingué, lequel ressemblait à un élégant paysan russe, ou à l'un des enfants du roi Édouard d'Angleterre, il survint un audacieux *magnat*, un grand seigneur hongrois, qui, sans façon, lui mit sous les yeux un affreux masque à long nez surmonté de lunettes.

Et, poussant l'audace jusqu'à l'insolence, il lui cria aux oreilles.

— Voilà votre mari, princesse !

Mademoiselle Marguerite se déclara très froissée. Mais, malgré cela, un quart d'heure plus tard, réconciliée avec le magnat hongrois, elle dansait avec lui une polka-mazurka.

Voilà bien les caprices des femmes !

Marthe, en sicilienne, vendait des oranges.

Gabriel, déguisé en barbier-Figaro, s'était perché sur le socle d'une colonne et agitait un tambour de basque avec frénésie.

*
* *

Et monsieur Grattecoco, le promoteur de la fête?

Monsieur Grattecoco ? mais il avait endossé l'habit de velours rouge d'un charmant seigneur du temps de Louis XV et il avait l'honneur de faire vis-à-vis à mademoiselle Georgette, habillée en marquise de la même époque, avec une perruque plus poudrée que n'est couverte de sucre fin une meringue à la crème !

Tous les autres costumes étaient également frais, coquets, reluisants!

Et c'était exquis de regarder, avec les parents, groupés plus loin, dans tous les coins de la salle, les quadrilles dansés, sautés, chantés même par tous ces enfants jolis et parfumés comme des fleurs nouvelles.

J'ai dit que certains quadrilles étaient sautés et chantés, et je le répète, car, par exemple, monsieur Frisepoulet, qui n'avait jamais pu apprendre à danser selon les règles, sautait et chantait en cadence avec une bonne volonté et un entrain extraordinaires, aux sons de l'orchestre.

Il s'était déguisé en polonais de bonne famille, pour la circonstance, et il charmait par ses excentricités étrangères une jeune soubrette, une petite servante du siècle passé, gentille à croquer sous sa corniche au large ruban ponceau.

Quand on eut suffisamment dansé et qu'il fut temps de reprendre haleine, chaque danseur offrit poliment son bras à une jeune fille et la conduisit au buffet.

Là, il s'empressa de lui faire servir, ou de lui apporter, comme c'était son devoir, un morceau de gâteau et un verre de sirop ou de café au lait à la glace.

Les rafraîchissements pris, pendant que l'orchestre s'étirait les doigts ou avalait quelque boisson, de son côté, on annonça que monsieur Gabriel allait réciter quelque chose sur les enfants.

Et comme il faut rendre à tout seigneur tout honneur, M. Gabriel récita l'*Enfant* du Maître immortel, de Victor Hugo.

L'ENFANT

Lorsque l'enfant paraît, le cercle de famille
Applaudit à grands cris ; son doux regard qui brille
Fait briller tous les yeux,
Et les plus tristes fronts, les plus souillés peut-être,
Se dérident soudain à voir l'enfant paraître.
Innocent et joyeux.

Soit que juin ait verdi mon seuil, ou que novembre
Fasse, autour d'un grand feu vacillant dans la chambre
Les chaises se toucher,
Quand l'enfant vient, la joie arrive et nous éclaire.
On rit, on se récrie, on l'appelle et sa mère
Tremble à le voir marcher.

Quelquefois nous parlons, en remuant la flamme,
De patrie et de Dieu, des poètes, de l'âme
Qui s'élève en priant ;
L'enfant paraît, adieu le ciel et la patrie
Et les poètes saints ! la grave causerie
S'arrête en souriant.

La nuit, quand l'homme dort, quand l'esprit rêve, à l'heure
Où l'on entend gémir, comme une voix qui pleure,
L'onde entre les roseaux.
Si l'aube tout à coup là bas luit comme un phare,
Sa clarté dans les champs éveille une fanfare
De cloches et d'oiseaux !

Enfant, vous êtes l'aube et mon âme est la plaine
Qui des plus douces fleurs embaume son haleine
Quand vous la respirez ;

Mon âme est la forêt dont les sombres ramures
S'emplissent pour vous seul de suaves murmures
Et de rayons dorés !

Car vos beaux yeux sont pleins de douceurs infinies,
Car vos petites mains, joyeuses et bénies,
N'ont point fait mal encor ;
Jamais vos jeunes pas n'ont touché notre fange ;
Tête sacrée ! enfant aux cheveux blonds ! bel ange
A l'auréole d'or !

Vous êtes parmi nous la colombe de l'Arche.
Vos pieds tendres et purs n'ont point l'âge où l'on marche ;
Vos ailes sont d'azur.
Sans le comprendre encore, vous regardez le monde.
Double virginité ! corps où rien n'est immonde,
Ame où rien n'est impur !

Il est si beau l'enfant avec son doux sourire,
Sa douce bonne foi, sa voix qui veut tout dire,
Ses pleurs vite apaisés.
Laissant errer sa vue étonnée et ravie,
Offrant de toutes parts sa jeune âme à la vie,
Et sa bouche aux baisers !

Seigneur ! préservez-moi, préservez ceux que j'aime,
Frères, parents, amis, et mes ennemis même
Dans le mal triomphants,
De voir jamais, Seigneur, l'été sans fleurs vermeilles,
La cage sans oiseaux, la ruche sans abeilles
La maison sans enfants ?

De longs bravos, partis de toutes parts, et même de l'orchestre, où l'on ne semblait pas détester les beaux vers non plus, saluèrent la touchante poésie du Maître immortel.

Après monsieur Gabriel, ce fut mademoiselle Georgette qui récita des vers touchants, de madame Desbordes-Valmore, des vers que les mamans devraient toutes apprendre à leurs fillettes.

Mademoiselle Georgette récita le *petit Oreiller*, que voici :

L'OREILLER D'UNE PETITE FILLE

Cher petit oreiller, doux et chaud sous ma tête,
Plein de plume choisie, et blanc, et fait pour moi !
Quand on a peur du vent, des loups, de la tempête,
Cher petit oreiller, que je dors bien sur toi !

Beaucoup, beaucoup d'enfants pauvres et nus, sans mère,
Sans maison, n'ont jamais d'oreiller pour dormir ;
Ils ont toujours sommeil. O destinée amère !
Maman ! douce maman ! cela me fait gémir.

Et quand j'ai prié Dieu pour tous ces petits anges
Qui n'ont pas d'oreiller, moi j'embrasse le mien.
Seule, dans le doux nid qu'à tes pieds tu m'arranges,
Je te bénis, ma mère, et je touche le tien !

Je ne m'éveillerai qu'à la lueur première
De l'aube au rideau bleu, c'est si gai de la voir !
Je vais dire tout bas ma plus tendre prière :
Donne encore un baiser, douce maman ! Bonsoir !

PRIÈRE

Dieu des enfants ! le cœur d'une petite fille,
Plein de prière (écoute !) est ici sous mes mains ;

On me parle toujours d'orphelins sans famille :
Dans l'avenir, mon Dieu, ne fais plus d'orphelins !

Laisse descendre au soir un ange qui pardonne,
Pour répondre à des voix que l'on entend frémir.
Mets, sous l'enfant perdu que la mère abandonne,
Un petit oreiller qui le fera dormir.

Enfin, entre autres pièces de vers, qui furent récitées ce soir-là, nous nous permettrons de citer encore la suivante, dont l'auteur désire garder l'anonyme.

Monsieur *Grattecoco* avait bien voulu se charger de la dire, et sa fine récitation lui valut des applaudissements et une valeur qu'elle perdra peut-être à la simple lecture.

La voici :

FILLETTE

I

Ce n'est qu'une gamine, un oiseau vif, instable,
Un chevreau bondissant ;
Mais c'est déjà coquet, vaniteux, irritable,
Fantasque ! — et cela vient au niveau de la table,
Seigneur ! à peine, en se haussant !

Un gentil diable loge en ce corps frais et lisse,
Démon aux yeux rusés ;
Protée aux rires clairs, dans les mains elle glisse,
Et, vraiment, on a l'air de la mettre au supplice,
Quand on la mange de baisers !

Cependant je l'ai vue, appuyant avec zèle
Sa tête sur sa main,
Lire attentivement, — comme une demoiselle :
Papillon sérieux, elle fermait son aile
Un instant, au bord du chemin.

Alors elle affectait un air profond et digne
Et de graves façons,
Et, d'un ton dédaigneux, l'œil cloué sur la ligne,
A ses frères criards, horde rose et maligne,
Elle disait : — « petits garçons !!!... »

Puis, soudain, elle allait, — quittant d'un pas allègre,
Le livre et la leçon,
Faire dix sauts de corde en criant : — « du vinaigre ! »
Ou traiter sa poupée ainsi qu'un pauvre nègre,
La fouettant parfois jusqu'au *son !...*

Ce qu'elle aime surtout, c'est un chat, jeune, honnête,
Assez bonhomme encor,
Qu'elle tient gravement par la queue ou la tête,
Et qui pend dans ses bras, philosophique bête,
Comme un agneau de Toison-d'or.

Sous ses cheveux, sa joue est la fleur que Mai sème
Au pied du blond épi :
Coquelicot de chair ! cerise sur la crème !
Joue enfantine ! ô fruit ! je voudrais mordre à même
Ta petite pomme d'api !

II

Crois-moi, fillette, il n'est pas de plus grande chose
Qu'un insecte en son vol ;

N'y vois jamais plus loin que ton bout de nez rose,
Et sois certaine, va ! que la plus belle prose
Se dit au Théâtre Guignol !

Grâce à peine ébauchée, esquisse de la femme,
Fleur en bouton encore !
Grotte magique, close, où le cœur avec l'âme
Dorment innocemment, — attendant leur Sésame,
Ainsi que deux froids lingots d'or !

Reste toujours petite, ô gamine, ô charmante !
Aube blanche, front pur !
Tends-nous toujours le bras, tends-nous ta bouche aimante !
Oiseau, reste en ton nid qu'ignore la tourmente ;
Chérubin, reste dans l'azur !

Printemps à peine vert, parfum de sève, ô joie
De la morne saison,
Spectacle attendrissant où toute âme se noie ;
Enfant, soleil de mars, que toujours on te voie
Rire à notre sombre horizon.

Puis les danses reprirent leur aimable cours, et l'on ne se coucha qu'à deux heures du matin seulement !

Personne ne fut malade, le lendemain, et les enfants de la dame de Plaisance eurent de quoi manger et s'instruire pendant de longs mois.

Voilà une fête dont on se souviendra longtemps.

Pour moi qui ai eu l'attendrissante satisfaction d'assister à cet épanouissement complet, dans le bonheur et la joie, d'une centaine des plus jolis et des plus gracieux représentants de l'*Age d'Or,* je suis revenu chez moi, par les rues silencieuses où brillait un splendide clair de lune, en répétant les admirables strophes de Victor Hugo, ce père et ce grand-père de génie :

Venez, enfants ! — A vous, jardins, cours, escaliers !
Ébranlez et planchers, et plafonds et piliers !
Que le jour s'achève ou renaisse,
Courez et bourdonnez comme l'abeille aux champs !
Ma joie et mon bonheur et mon âme et mes chants
Iront où vous irez, jeunesse !

Il est, pour les cœurs sourds aux vulgaires clameurs,
D'harmonieuses voix, des accords, des rumeurs,
Qu'on n'entend que dans les retraites,
Notes d'un grand concert interrompu souvent,
Vents, flots, feuilles des bois, bruits dont l'âme en rêvant
Se fait des musiques secrètes !

Mais quel que soit le monde, et l'homme et l'avenir,
Soit qu'il faille oublier ou se ressouvenir,
Que Dieu m'afflige ou me console
Je ne veux habiter la cité des vivants
Que dans une maison qu'une rumeur d'enfants
Fasse toujours vivante et folle !

APRÈS LA FÊTE DE SAINT-CLOUD

Le lendemain du jour, c'était un dimanche évidemment, où on me mena, pour la première fois, à la célèbre fête de Saint-Cloud, fête fameuse par son pain d'épice, ses mirlitons et ses saltimbanques, je me levai en proie à trois désirs bien différents, mais également impérieux.

Premièrement, à peine debout, je demandai à remplacer mon café au lait par du pain d'épice ! Mais tiraillé intérieurement par de cruelles et soudaines émotions, suite paraît-il d'une consommation irréfléchie de l'antique friandise populaire, je dus me remettre au lit sur-le-champ.

Deuxièmement, j'éprouvais le besoin effrené, quoique indisposé, de jouer un air quelconque sur l'immense mirliton dont on m'avait fait présent la veille.

Troisièmement, je voulais demander à mon père l'autorisation de me faire tout bonnement saltimbanque.

Manger sans cesse du pain d'épice, jouer toujours du mirliton, me montrer perpétuellement à cheval sous un costume à paillettes, tels étaient mes rêves.

Ils étaient nés, tous trois, de ma visite pleine d'admiration à la fête de Saint-Cloud.

Mais trois personnes s'opposèrent, tour à tour, à ce que mes désirs fussent exaucés.

1° Le médecin me défendit le pain d'épice ;

2° Ma mère me pria de ne pas lui casser la tête avec mon mirliton :

3° Mon père me déclara sévèrement que si je faisais un pas hors de la maison avec l'intention de m'engager au cirque Franconi, il me ramenait au logis à coups de canne sur le dos.

Il fallait que mon père fût terriblement froissé par ma proposition, qui me paraissait si simple à moi, pour me menacer de coups de canne, car c'était un homme doux et jamais il n'avait frappé aucun de ses enfants.

Privé, de cette façon sommaire, des trois bonheurs que je m'étais promis, je devins triste, très triste.

D'autant plus que le pain d'épice de la veille continuait son œuvre obscure et sans nom dans l'intérieur de mon modeste individu.

*
* *

Dans ma tristesse, je me trouvais tout à fait malheureux, et je boudais fortement à ma mère, mon père et le médecin.

Je pensais qu'ils étaient vraiment bien barbares tous les trois.

Quand on est petit on boude pour un rien et c'est absurde.

Ah! qu'on a tort de se rebeller contre les précautions que prennent, contre vos fantaisies, des gens instruits par l'expérience de la vie.

Mais, quand on est petit garçon, on ne réfléchit pas beaucoup. On ne voit que le fait présent, qui vous paraît bien dur, et l'on ne sait pas voir que ce fait bien désagréable pour l'instant aura pour résultat de vous préserver, malgré vous, contre des conséquences bien autrement rudes et pernicieuses pour vous-même, et que vous ne pouviez ni prévoir ni deviner.

Ce n'est que plus tard, en songeant à ce qui vous donna

tant de dépit et vous fit tant pleurer un jour, qu'on s'aperçoit qu'on avait tort de se fâcher et que les parents avaient raison de vous imposer leur volonté, même sévèrement.

Oui, plus tard, on reconnaît cela, et on en a de la reconnaissance.

Donc, affreux petit rebelle que j'étais, je trouvais que mon père et ma mère, et surtout le médecin, étaient trois véritables bourreaux puisqu'ils se liguaient pour me défendre de me gorger de pain d'épice, de jouer du mirliton aux oreilles de ma mère, laquelle souffrait de ses névralgies, pour m'interdire d'embrasser la profession amusante et glorieuse (elle me paraissait telle du moins) de saltimbanque à pied ou à cheval.

*
* *

J'avais vu, la veille, à la fête de Saint-Cloud, de si charmants petits saltimbanques, splendidement costumés, devant l'entrée du cirque Franconi, que je ne pouvais comprendre pourquoi mon désir de les imiter, de les égaler, de les surpasser, était accueilli par mon père par des promesses de volées de coups de bâton.

Et je m'écriai :

— Oh ! être saltimbanque, saltimbanque à pied ou à cheval, à cheval surtout ! ou bien à dromadaire ! Quelle belle existence !

Et j'ajoutais, en trépignant des pieds dans le lit, où le médecin me forçait de rester étendu :

— Je ne demande pas à être mis tout de suite sur la selle plate d'un malicieux petit cheval corse tout ébouriffé, comme la jolie petite demoiselle que j'ai admirée hier, un cerceau à la main, et qui sautait dedans à ravir tout le monde. Non, je ne demande pas cela. Je voudrais seulement commencer par être le petit paillasse, le clown, celui qui fait rire, avec son chapeau pointu, turlu lu lu ! Ce doit être si amusant !

Et, avec une logique d'enfant obstiné, je disais encore :

— Si cela est mal de désirer d'être un des petits acteurs du cirque, pourquoi les applaudit-on, pourquoi leur crie-t-on bravo, au lieu de leur donner des coups de canne ?

Je ne songeais pas que ce qui charmait le public et que ce qu'on applaudissait dans les petits enfants du cirque, c'était leur adresse, leur courage, leur patience, leur gentillesse et non leur métier lui-même.

Non, je ne songeais pas à cela.

Je me souvenais des beaux habits de toutes les couleurs, des chiens se faisant chevaux, pour l'usage de singes transformés en maréchaux de France, et des élégantes demoiselles si bien peignées, qui avaient la permission, devant le cirque, de jouer sans relâche de la grosse caisse ou de souffler dans un cornet à piston.

On me défendait aussi, à moi, la grosse caisse et le cornet à piston.

Et la chèvre savante, donc ! — Comme je lui aurais enseigné à faire de jolis tours, comme je lui aurais appris aussi à monter sur une boule et à la faire gravir ou descendre une planche inclinée.

Je me sentais la vocation du cirque.

Et je me disais tragiquement que mes parents brisaient ma carrière !

Tout en me livrant à ces noires méditations sur mon sort, que je trouvais bien affreux, je sentis que le sommeil me fermait peu à peu les yeux.

Le magnifique pain d'épice de la fête m'avait un peu... beaucoup fatigué depuis le matin, je l'avoue, et j'avais besoin d'un peu de repos.

Je m'endormis.

*
* *

Et quand je fus bien endormi, j'eus un songe, un rêve, un cauchemar, si vous voulez.

Ce rêve se grava profondément dans mon esprit et dans ma mémoire, si bien que je puis aujourd'hui vous le raconter encore.

Il y a pourtant bien des années de cela !

Voici ce rêve :

Je vis une bande de petits garçons, tous fort mal habillés, les uns avec des blouses déchirées et pleines de taches, les autres avec des vestes et des petits paletots qui n'étaient pas beaux du tout.

Ils avaient tous l'air fatigué.

Leur teint était pâle ou jaunâtre, ou noirâtre, et n'annonçait pas qu'ils fussent bien nourris.

En les voyant devant moi, ces pauvres petits garçons, j'eus tout de suite l'envie de leur distribuer les sept ou huit sous contenus dans la poche de mon pantalon, et qui constituaient toute ma fortune pour le moment, car j'en avais dépensé la plus grosse part la veille, à la fête de Saint-Cloud.

Mais les petits garçons, devinant ma pensée, me dirent :

Non! Nous ne demandons pas l'aumône! Nous gagnons notre pain.

— Alors, petits garçons, leur dis-je dans mon rêve, que me voulez-vous ?

— Nous voulons te dire que tu as bien tort de désirer changer de position. L'âge d'or de la vie est pour toi d'un or sans alliage, pur et brillant. Reste chez toi, puisque tu le peux, puisque tu n'as pas à gagner ton pain encore.

— Mais n'avez-vous pas un âge d'or aussi, vous ?

— Oh ! il a été si court et si peu doré, que ce n'est pas la peine d'en parler. A peine parlions-nous et marchions-nous qu'il a fallu chercher à gagner notre vie ou aider nos parents à la gagner.

— Vous ne jouez donc déjà plus ?

— Si, nous nous amusons comme nous pouvons, parfois, aux heures de repos, mais nous ne jouons pas comme toi, en toute liberté, sans soucis du lendemain. Nous sommes forcés de penser toujours au lendemain, nous, et cela nous rend la tête bien lourde souvent, et cela gâte aussi le peu de plaisirs que nous pouvons avoir.

— Mais qui êtes-vous donc, petits garçons ?

*
* *

Alors, l'un des petits garçons, un garçon qui avait un peu de blanc et de rouge sur le front et sur les joues, sortit du groupe de ses camarades, et vint près de mon lit.

Il était vêtu d'une vieille blouse, trop longue pour sa taille, et marchait les pieds nus.

— Je suis, me dit-il, le petit Paillasse, le joyeux clown, que tu as admiré hier à la fête. Mon métier est de jeter la gaîté dans les exercices du cirque. Papa est clown comme moi, et il m'a appris à dire des choses drôles, qui font rire tout le monde, mais qui ne m'amusent pas, moi !

— Vous êtes le Paillasse ! est-il possible ?

— C'est même certain. — Hier, tu m'as vu sous mes vêtements de travail, tu as cru que c'étaient des vêtements de fête. Tu t'es trompé. Ce sont les oripeaux et les instruments de ma profession. On doit les regarder sans mépris, bien qu'ils aient l'air de vêtements de fous, car ce sont des habits sous lesquels je gagne honnêtement ma vie, sans faire de mal à personne. Mais il ne faut pas les envier, voilà !

— Ils sont si jolis, si étincelants !

— Oui, de loin, à la lumière, mais de près !... Et encore j'en prends le plus grand soin, sans cela je serais battu...

— Battu ?

— Hélas, j'ai eu plus souvent des coups que des éloges, pendant mes... études. Et pourtant quel rude exercice de toutes les heures pour arriver à savoir le peu que je sais. D'abord, pour me rendre souple et agile, on m'a disloqué le corps, dès le berceau. Ensuite, que de chutes, que de contusions, que de plaies, que de bosses pendant que j'apprenais et répétais mes tours d'adresse et de gymnastique, sans parler des coups de cravache quand j'y mettais de la mauvaise humeur.

— Diable, diable ! votre métier me paraissait si charmant !

— Il me rapporte de la soupe, voilà tout, et quelques oranges, quand les spectateurs m'en jettent. Mais dès le matin, dès l'aube même, je dois être levé, malgré le froid, le brouillard, la pluie ou la neige. Je panse les chevaux, je mène promener les chiens, je fais brouter la chèvre, je nettoie le cirque. Enfin, je suis sans cesse occupé jusqu'à l'heure de la répétition des tours que je ferai le soir devant le public. Tu vois que je n'ai guère le temps de m'amuser et de rire.

— C'est vrai, fis-je, plein de terreur.

— Toi, tu es au lit, tu avales une bonne petite tasse de lait ou de chocolat, moi j'ai du pain sec. Et je ne suis pas le seul petit garçon dont l'enfance soit dure comme la mienne, plus encore même. Je t'en amène quelques échantillons.

— Oh ! que je les plains, alors ?

— Et je les plaignais réellement de tout mon cœur, les pauvres petits rangés autour de mon lit, dans mon rêve, et qui étaient, à ce que me dit le petit clown, des enfants aussi malheureux que lui.

*
* *

Tous, tour à tour, avec un sourire amical, mais bien triste, ils défilèrent devant moi, ces pauvres garçons, et chacun d'eux me dit ce qu'il était et ce qu'il faisait, quoique petit, pour vivre et manger.

— Moi, dit l'un, qui avait l'air habillé d'un sac et dont la figure, toute noire, était surmontée d'un bonnet pointu de laine brune, moi je suis ramoneur. Je mange de la soupe aux châtaignes et du pain. Je couche sur de la paille. Je grimpe du matin au soir dans les conduits des cheminées, où il fait noir, où on étouffe tant on y serré, où on reçoit de la suie dans les yeux. Avec ma râclette je les nettoie et j'avale de la poussière à en tousser bien longtemps.

— Pauvre petit savoyard !

— Moi, dit un autre enfant, qui avait des bottes énormes et un béret bleu enfoncé jusqu'aux oreilles, je suis un *mousse*. Je tire des cordages, je lave le pont d'un grand bateau. Je fais reluire les cuivres. J'épluche les choux pour la soupe des hommes de l'équipage. Je monte dans les agrès, malgré le vent, malgré les averses, au risque d'être jeté à chaque instant dans l'eau ; et j'aide aux manœuvres. Je dors peu. Je travaille aussi bien la nuit que le jour. Souvent l'eau de mer me mouille des pieds à la tête. Oh ! je ne suis pas heureux. Regarde mes mains crevassées, violettes, toujours enflées par le sel de l'eau et par le froid.

— Pauvre petit mousse !

— Moi, dit un troisième enfant, je garde les moutons.

— Ah ! ça c'est plus gentil ?

— Oui, mais les moutons sont entêtés, pleins de caprices. Ils vont de-ci, de-là, où ils ne faut pas aller surtout. J'ai un chien qui m'aide à les ramener, il est vrai, mais c'est tout de même une bien rude besogne pour nous deux, que de conduire un troupeau, que de l'empêcher d'aller brouter dans les pièces de terre où je n'ai pas le droit de les laisser paître. On comprend que les moutons, voyant du blé vert ou d'autres plantes qu'ils aiment, veulent en tâter, et ils me font mille malices, mille niches pour manger ce qui leur fait plaisir aux yeux. Le soir, quand je reviens à la ferme, trempé par les averses de pluie, souvent, je n'ai que de la bouillie faite avec la farine d'une graine noire appelée le sarrazin, qui gratte diablement le gosier.

— Ah ! pauvre petit berger !

*
* *

Et le défilé continua devant mes yeux, lamentable, oh ! bien lamentable.

Je vis passer des petits aveugles, des petits bossus, pauvres et par conséquent privés, comme ils le disaient, des douceurs et des caresses qui leur auraient fait, sinon oublier, du moins supporter avec plus de patience, leurs terribles infirmités et leurs maladies.

Je vis passer encore, tous noirs de charbon, des petits garçons employés dans les mines, dans les usines, dans les forges où ils tirent sans cesse un gros soufflet, puis des petits mendiants.

Je vis passer des *apprentis* de tous les métiers, garçonnets et fillettes qui, pour tout plaisir, pour tout régal, quand ils sont bien fatigués par les courses qu'on leur fait faire, avec des fardeaux souvent trop lourds pour leurs petites épaules, se contentent d'un cornet de pommes de terre frites, ou d'une petite pomme verte.

Le défilé des petits enfants misérables, sans âge d'or, n'était pas encore terminé — car il est interminable, hélas ! — que je me repentais déjà très fort de ma bouderie, et que je comprenais enfin combien mon sort était doux, gai, délicat, plein de bonheurs, chez moi, près de mes parents, à côté de la vie de ces pauvres petits !

Je comprenais aussi que j'avais eu tort de songer, même un instant, à m'en aller de la maison pour me faire saltimbanque, pour jouer du mirliton, pour manger de l'affreux pain d'épice de Saint-Cloud.

Et je me réveillai pleurant à chaudes larmes.

***

Quand je fus réveillé, j'appelai ma mère, mon père, je leur

demandai bien pardon de les avoir soupçonnés de vouloir me faire de la peine pour le simple plaisir de m'en faire; je leur dis que je ne bouderais jamais plus et je les chargeai d'aller présenter mes excuses au médecin.

Car, ce que je ne vous ai pas encore dit, c'est que, lorsque le bon médecin m'eut interdit de manger du pain d'épice et m'eut fait recoucher, je lui avais tiré la langue, — oui, tiré la langue! — et ce n'était pas pour la lui montrer, par exemple!

On m'embrassa, et tout fut dit, tout fut pardonné, de part et d'autre, et tout oublié.

Oh! songeons aux petits qui n'ont pas d'âge d'or, et cherchons les moyens de les soulager, à l'aide de la charité sans doute, mais aussi, et surtout, en cherchant à arranger les choses humaines de façon que le travail ne fasse jamais défaut à ceux qui ne demandent à vivre qu'avec leur travail.

TABLE

Châteauroux. — Typographie et Stéréotypie A. MAJESTÉ.

www.ingramcontent.com/pod-product-compliance
Ingram Content Group UK Ltd.
Pitfield, Milton Keynes, MK11 3LW, UK
UKHW012222240726
13966UKWH00003B/910